賞讀書信三・

古典詩詞……增修版)

唐至清代四季山水一〇二首

夏玉露 著

前情提要

李真希和王明晴 在國中同學婉怡的婚禮上重逢後，決定要通信賞讀詩詞，順便聊聊彼此的生活點滴與感想。在賞讀與「花草樹木」相關的花園主題詩詞、與「日月星辰、晴雲雨雪」相關的天空主題詩詞後，她們決定以「風景」為主題，賞讀與「山林、江海、花樹」相關的詩詞。

李真希 中部人，臺北 G 大多媒體動畫系畢業。現居臺北，為 DF 動畫臺編導。未婚。在放下對前男友亞翔的眷戀後，曾與同事弘宇交往過。目前單身，即將搬家，與朋友杏娟、意瑄同住在一起。

王明晴 真希的國中同學，任職於中部某農會，已婚，育有差距六歲的一雙兒女。

目次

唐

1 五言古詩 感遇 陳子昂 14
2 五言古詩 夏日南亭懷辛大 孟浩然 16
3 五言古詩 秋登蘭山寄張五 孟浩然 18
4 五言古詩 青溪 王維 20
5 五言古詩 崔濮陽兄季重前山興 王維 22
6 五言古詩 贈裴十迪 王維 24
7 五言古詩 落日憶山中 李白 26
8 樂府詩 秋思 李白 28
9 五言古詩 夕霽杜陵登樓寄韋繇 李白 30
10 五言古詩 秋登巴陵望洞庭 李白 32
11 五言古詩 新林浦阻風寄友人 李白 34
12 五言律詩 謝公亭 李白 36
13 六言律詩 謫仙怨 劉長卿 38
14 七言律詩 秋興 杜甫 40
15 七言律詩 涪城縣香積寺官閣 杜甫 42

16 七言律詩 即事——杜甫 44
17 五言律詩 谷口書齋寄楊補闕——錢起 46
18 七言律詩 自鞏洛舟行入黃河即事寄府縣僚友——韋應物 48
19 五言律詩 始夏南園思舊里——韋應物 50
20 五言律詩 遊溪——韋應物 52
21 七言律詩 宿湖中——白居易 54
22 七言律詩 南湖早春——白居易 56
23 七言律詩 晚秋夜——白居易 58
24 七言律詩 江樓晚眺，景物鮮奇，吟玩成篇，寄水部張員外——白居易 60
25 五言律詩 秋曉行南谷經荒村——柳宗元 62
26 五言古詩 感諷——李賀 64
27 樂府詩 河南府試十二月樂詞 四月、七月——李賀 66
28 試帖詩 賦得桃李無言——李商隱 68
29 詞 河瀆神 河上望叢祠——溫庭筠 70
30 七言律詩 題崔公池亭舊遊——溫庭筠 72
31 七言律詩 寒食前有懷——溫庭筠 74

32 詞 菩薩蠻 翠翹金縷雙鸂鶒 溫庭筠 76
33 五言律詩 秋日赴闕題潼關驛樓 許渾 78
34 五言律詩 早秋 許渾 80
35 五言古詩 春泛若耶溪 綦毋潛 82
36 五言律詩 闕題 劉昚虛 84

五代十國

37 詞 菩薩蠻 迴塘風起波紋細 李珣 88
38 詞 小重山 春入神京萬木芳 和凝 90
39 詞 春光好 蘋葉軟 和凝 92
40 詞 漁歌子 二首 孫光憲 94
41 詞 浣溪沙 蓼岸風多橘柚香 孫光憲 96
42 詞 應天長 石城花落江樓雨 馮延巳 98
43 詞 鵲踏枝 秋入蠻蕉風半裂 馮延巳 100
44 詞 鵲踏枝 梅花繁枝千萬片 馮延巳 102
45 詞 玉樓春 雪雲乍變春雲簇 馮延巳 104

46 詞 長相思 一重山 李煜 106
47 詞 謝新恩 冉冉秋光留不住 李煜 108
48 詞 青玉案 梵宮百尺同雲護 李煜 110
49 詞 浣溪沙 春暮黃鶯下砌前 毛熙震 112
50 詞 臨江仙 洞庭波浪颭晴天 牛希濟 114
51 詞 河傳 紅杏 張泌 116
52 詞 河傳 曲檻 顧敻 118

北宋

53 詞 卜算子 江楓漸老 柳永 120
54 詞 西平樂 盡日憑高目 柳永 122
55 詞 畫堂春 外湖蓮子長參差 張先 124
56 詞 滿江紅 飄盡寒梅 張先 126
57 詞 採桑子 三首 歐陽脩 128
58 詞 御街行 街南綠樹春饒絮 晏幾道 130
59 詞 江城子・湖上與張先同賦 蘇軾 132
60 詞 蝶戀花 簌簌無風花自墮 蘇軾 134

目次

61 詞 虞美人 芙蓉落盡天涵水 —— 舒亶 136
62 詞 倦尋芳 露晞向曉 —— 王雱 138
63 詞 風流子 東風吹碧草 —— 秦觀 140
64 詞 好事近 春路雨添花 —— 秦觀 142
65 詞 望海潮 梅英疏淡 —— 秦觀 144
66 詞 青玉案 凌波不過橫塘路 —— 賀鑄 146
67 詞 蝶戀花 幾許傷春春復暮 —— 賀鑄 148
68 詞 石州慢 薄雨收寒 —— 賀鑄 150
69 詞 氐州第一 波落寒汀 —— 周邦彥 152
70 詞 渡江雲 晴嵐低楚甸 —— 周邦彥 154
71 詞 念奴嬌・垂虹亭 —— 朱敦儒 156

南宋

72 七言律詩 春霽 —— 朱淑真 158
73 七言律詩 晴和 —— 朱淑真 160
74 詞 一萼紅 古城陰 —— 姜夔 162

75 金／七言詩 南溪 —— 元好問 164
76 詞 虞美人・春曉 —— 劉辰翁 166

宋

77 詞 齊天樂・螢 —— 王沂孫 168
78 詞 瑞鶴仙 郊原初過雨 —— 袁去華 170
79 詞 訴衷情・送春 —— 万俟詠 172
80 詞 木蘭花 春風只在園西畔 —— 嚴仁 174

元

81 散曲 沉醉東風・重九 —— 盧摯 178
82 七言律詩 秋蓮 —— 劉因 180
83 散曲 蟾宮曲・送春 —— 貫雲石 182
84 散曲 小桃紅・戍樓殘照 —— 盍西村 184
85 散曲 小桃紅・雜詠 —— 盍西村 186
86 散曲 沉醉東風・秋日湘陰道中 —— 趙善慶 188

目次

明

87 詞 天仙子・春恨 陳子龍 190
88 七言律詩 由畫溪經三箬入合溪 余懷 192

清

89 詞 臨江仙・寒柳 納蘭性德 194
90 詞 南鄉子 飛絮晚悠颺 納蘭性德 196
91 七言律詩 秋暮吟望 趙執信 198
92 五言律詩 太湖舟中 孫原湘 200
93 詞 水調歌頭・春日賦示楊生子掞 二首 張惠言 202
94 詞 浣溪沙・從石樓石壁往來鄧尉山中 鄭文焯 206
95 詞 玉樓春 西園花落深堪掃 王國維 208
96 詞 掃花游 疏林挂日 王國維 210
97 詞 虞美人・影松巒峰 侯文曜 212

詩詞・譯文對照 216

體例說明

一 **排序** 本書介紹之詩詞係按作者出生年排序，出生年不詳的作者之作品，則排在該時代的最後面。但同一作者的詩詞排序並非創作順序。

二 **注釋** 為免注釋編號影響賞讀，在詩詞裡不加注釋編號，而是在注釋處註明詞彙所在行列，供讀者對照閱讀。

三 **詩詞版本** 古典詩詞流傳久遠，部分用字會有兩、三種版本；在字意注釋上，各家亦有不同看法。因考據訓詁非本書用意，僅擇一解釋，或有疏失之處，尚祈見諒與指教。

賞讀書信三·

古典詩詞風景（增修版）

唐至清代四季山水一〇二首

1 感遇

陳子昂

蘭若生春夏，芊蔚何青青。
幽獨空林色，朱蕤冒紫莖。
遲遲白日晚，裊裊秋風生。
歲華盡搖落，芳意竟何成。

陳子昂（661～702）

字伯玉。少時慷慨任俠，十七、八歲時棄武從文，二十四歲時登進士第後，曾任麟臺正字、右拾遺等職，亦曾兩次從軍北征。因直言敢諫而遭當權者排擠。辭官返鄉後，受縣令誣害，卒於獄中。

注釋

一行—**蘭若**：蘭草、杜若，都是香草植物。／**芊蔚**：草木茂盛。／**何**：多麼，表示程度。／**青青**：翠綠茂盛。

二行—**幽獨**：出自《楚辭．九章．悲回風》：「蘭茝幽而獨芳。」指獨具風采。／**空林色**：使林中其他花朵失色。／**蕤**：泛指草木所垂結的花。／**冒**：冒出。

三行—**遲遲**：緩慢行走的樣子。／**晚**：將盡、將結束。／**裊裊**：搖曳不定的樣子。另有版本為「嫋嫋」，意思相同。

四行—**歲華**：指每年綻放一次的花。／**盡**：全部。／**搖落**：凋殘。／**芳意**：春意。

*賞讀譯文請見二一六頁

明晴：

我選讀陳子昂〈感遇〉組詩的第二首，做為風景系列的開頭。詩人讚美春夏時節的蘭草與杜若長得十分茂盛蒼鬱，而且擁有絕美的花姿，然而隨著秋日逐漸到來，花朵都快凋謝殆盡了，仍沒有人懂得欣賞它們，充滿了懷才不遇的感嘆。詩人自身的遭遇也令人嗟嘆，雖然他曾因上書論政而得到武則天的重視，但多次直言進諫都不被採納，甚至還被降職；在他辭官之後，更是被縣令誣害入獄，因此憂憤身亡，結束了一生……

最近，我時常在想自己為何喜歡看少女動畫，原因之一，是這些故事都必然擁有美好結局，「主角最後一定會幸福的」這一點讓人在變幻無常的世界中，獲得一絲安全感。我尤其喜歡主角設定為聰明、勇敢、善良又正直，且劇中沒有想置主角於死地的固定邪惡反派，只是因各自立場或認知不同而產生衝突的故事，這能讓我繼續抱持「世界依然美好」的想像。

或許有人會認為這是在逃避現實吧。但是，每個人都在抱怨世間險惡，卻總是寄情於勾心鬥角的劇情中，不是讓自己更加痛苦難受嗎？所以，我寧願沉浸在少女動畫那溫暖的有情世界裡，然後暗自期待自己在真實生活中也能遇到這類美好的事。

真希・十二月

② 夏日南亭懷辛大

孟浩然

山光忽西落，池月漸東上。
散髮乘夜涼，開軒臥閑敞。
荷風送香氣，竹露滴清響。
欲取鳴琴彈，恨無知音賞。
感此懷故人，中宵勞夢想。

孟浩然（689～740）襄陽人，世稱孟襄陽。曾隱居，也曾遊歷各地。四十歲時應進士不第，曾短暫擔任張九齡的幕僚。終生為布衣，無正式官職。

一注釋一

一行一**山光**：山上的日光。

二行一**軒**：窗戶。／**閑敞**：悠適寬敞。閑，通「閒」。

四行一**恨**：遺憾、悔恨。

五行一**故人**：老友。／**中宵**：深夜。／**勞**：苦於。／**夢想**：在夢中想念。

＊賞讀譯文請見二一六頁

真希：

新的一年快到了，先預祝妳新年快樂！

這次妳還會去參加跨年活動嗎？在新的一年，除了搬家之外，妳有什麼新計畫嗎？回想我上次參加跨年活動，已經是大學時代的事了。現在的我，寧願待在家裡看電視臺轉播的跨年晚會，總是會鎖定幾個頻道，若看到廣告或不感興趣的歌手，就轉到其他頻道看看。一邊聽歌、一邊和家人一起哼哼唱唱，比在現場更舒服，也同樣熱鬧。

這次，我選讀孟浩然的〈夏日南亭懷辛大〉，詩人描寫在日落月升之際開窗乘涼，有荷花香及露水滴落聲為伴，卻少了欣賞琴藝的知音，甚至為了此事而思念友人，直到夜半夢中還不罷休。

我女兒的學校，前陣子舉辦了國樂社團發表會。老實說，比起獨奏曲，我更喜歡聽穿插部分獨奏的合奏曲，感覺比較熱鬧、有生氣。我這麼對女兒說時，本來以為她會失望（因為每個成員都有獨奏一首小短曲），結果女兒說，她也喜歡彈合奏，因為跟大家一起彈的感覺很開心。不在乎有沒有人欣賞自己的箏藝，只在乎彈得開不開心，正是我希望兒女所擁有的「樂在其中」的態度。

寫到這裡，我突然有個疑問：「古箏和古琴是不同樂器嗎？」搜尋相關資料後，我才知道原來古箏和古琴只是看起來相似。古箏大多為二十一條弦，每條弦都有用來調節音高的碼子，能彈出固定的三個音，樂音清亮；彈奏時要戴假指甲。古琴有七條弦，由手指按弦的位置來決定音高，每條弦有十三個泛音，樂音深沉；彈奏時用真指甲。

明晴・十二月

3 秋登蘭山寄張五

孟浩然

北山白雲裏，隱者自怡悅。
相望試登高，心隨雁飛滅。
愁因薄暮起，興是清秋發。
時見歸村人，沙行渡頭歇。
天邊樹若薺，江畔洲如月。
何當載酒來，共醉重陽節。

一注釋一

題一**蘭山**：另有版本為「萬山」。

一行一**北山**：指張五。／**隱者**：指張五隱居的山。／化用自晉代陶弘景的〈詔問山中何所有賦詩以答〉：「山中何所有？嶺上多白雲。只可自怡悅，不堪持贈君。」

二行一**試**：另有版本為「始」。／**心**：思念之情。／**飛滅**：飛到遠方消逝了。

三行一**薄暮**：傍晚。／**興**：情致、趣味。／**清秋**：明淨爽朗的秋日。

五行一**薺**：薺菜。／化用自隋代薛道衡的〈敬酬楊僕射山齋獨坐〉：「遙望樹若薺，遠水舟如葉。」

六行一**何當**：何妨。／**重陽節**：自魏晉之後，人們習慣在九月九日重陽節登高遊宴。

*賞讀譯文請見二一七頁

明晴：

新年快樂！

去年年底，我把沒休完的特休假集中在最後一週，打算以從容的步調來搬家及整理新住處，最後順利在三十日那天安頓好一切，還有兩天可以好好放鬆。煥然一新的環境，讓我整個人神清氣爽起來，感覺好像終於能擺脫糾纏我多年的陰鬱，充滿了展開新生活的期待。

這次，我和杏娟、意瑄同樣是到山上的 Signac Café 參加跨年活動，結果又遇到了康佳泰記者。一問之下，才知道原來他是老闆阿福的大學學弟。自從 Signac Café 開幕後，一直有人手不足的問題，所以佳泰幾乎每個週六都會來這裡幫忙。原來大家都是阿福的朋友，在發現了這層關係之後，感覺大家又聊得更開了。

Signac Café 離我們的新住處滿近的，聽佳泰說，這裡的夕陽景觀很美。我們三人打算下次要在下午時過來光顧，說不定，這裡會成為我們的固定聚點。

這次，我選讀孟浩然的〈秋登蘭山寄張五〉，詩人在秋日登高望遠，遙想隱居山上的友人，期望兩人能在重陽節相聚暢飲。現在，人們很少在重陽節相聚了，比較常在中秋節、萬聖節、聖誕夜或跨年夜舉辦派對，其中，中秋節跟重陽節一樣都在秋季，用來置換掉「重陽節」，說不定不會有人發現呢。

真希・一月

4 青溪

王維

言入黃花川，每逐青溪水。
隨山將萬轉，趣途無百里。
聲喧亂石中，色靜深松裏。
漾漾汎菱荇，澄澄映葭葦。
我心素已閒，清川澹如此。
請留盤石上，垂釣將已矣。

王維（約701～761）

字摩詰，號摩詰居士。登進士第後，曾任右拾遺、監察御史、河西節度使、尚書右丞等職。曾被安祿山俘虜任官，著詩〈凝碧〉明志。晚期過著半官半隱的生活，先後隱居終南山和輞川等地。精通詩、書、畫、音樂等，有「詩佛」之稱。與孟浩然合稱「王孟」。

注釋

題—**青溪**：在今陝西省境內。
一行—**言**：發語詞。／**黃花川**：在今陝西省鳳縣。／**逐**：沿著。
二行—**萬轉**：指多次曲折。／**趣途**：同「趨途」，指走過的路途。
三行—**聲**：此處指水聲。／**色靜**：景色幽靜。／**深松**：松林深處。
四行—**漾漾**：水波動盪。／**汎**：漂浮。／**菱荇**：水草。／**澄澄**：清澈。／**葭葦**：蘆葦。
五行—**素**：一向。／**閒**：閒靜。／**澹**：澹泊。
六行—**磐石**：大石。／**將已矣**：就這樣吧。
*賞讀譯文請見二一七頁

真希：

這世界說小不小，但說大也不大。這次，妳意外發現妳和康記者之間的連結，讓我想起美國社會心理學家斯坦利・米爾格拉姆（Stanley Milgram），在一九六七年提出的「六度分隔理論」（Six Degrees of Separation），他曾透過一次連鎖信的實驗，想要證明只需要有五個中間人，就可以串連起兩個互不相識的人。雖然這個實驗不算成功，但數十年來卻陸續引發不少迴響。

其實，這種人際網絡關係在較封閉的農村裡，本來就很常見，而且不只是「原來你也認識〇〇〇」的關係，還有更直接的「原來你是誰的〇〇〇」的血緣或姻親關係。只是沒想到這也會發生在人際網絡較廣大又相對疏離的都市裡。

這次，我選讀王維的〈青溪〉，詩中的山間溪流風景：「聲喧亂石中，色靜深松裏。漾漾汎菱荇，澄澄映葭葦。」真令人嚮往。在臺灣，許多溪流都經過整治，要看到天然野溪都要往深山裡去才行。不過，我們最近坐火車到花蓮旅遊，在途中的八堵到福隆間，看到基隆河上游有許多稜角銳利的巨石盤踞在河道上，另外還有靜靜蜿蜒流過荒煙蔓草的雙溪，天然原始的溪流景觀令人印象深刻。妳已經坐火車環島旅遊多次，應該很熟悉這一段路的景色了吧？

明晴・一月

❺ 崔濮陽兄季重前山興

王維

秋色有佳興，況君池上閒。
悠悠西林下，自識門前山。
千里橫黛色，數峰出雲間。
嵯峨對秦國，合沓藏荊關。
殘雨斜日照，夕嵐飛鳥還。
故人今尚爾，嘆息此頹顏。

注釋

題**崔季重**：曾任濮陽太守，此時已罷官隱居，當時可能住在藍田（位於今陝西省）。

一行**佳興**：美好的興致。／**君**：你，指崔季重。

二行**悠悠**：安閒暇適的樣子。／**西林**：西面的樹林。／**自識**：自然知道、認識。

三行**黛色**：青黑色。

四行**嵯峨**：山勢高峻。／**秦國**：指秦朝的京城咸陽，在今陝西省境內。／**合沓**：重疊。／**荊關**：柴門，指崔季重的住屋。

五行**殘雨**：將止的雨。／**夕嵐**：傍晚的山間霧氣。／**還**：返回、回來。

六行**故人**：老友，指崔季重。／**尚爾**：尚且如此。／**頹顏**：衰老的容貌。

*賞讀譯文請見二一八頁

明晴：

我也很喜歡那一段路的景色。不過，若仔細留意窗外風景的話，會發現環島鐵道沿途，每一個鄉鎮及城市的景觀都有不同的味道。我從小就很喜歡看車窗外的風景，總是會邊看邊想像那裡的人們過著什麼樣的生活。似乎是隔著窗的關係，總讓人有窗外是異世界的感覺。然而，實際走入這些鄉鎮，人們的生活樣貌卻大多是我們所熟悉的。

這次，我選讀王維的〈崔濮陽兄季重前山興〉。一開始，他以略顯開心的口吻，為友人無官一身輕，可愜意欣賞隱居處的山林風景而慶幸，但後來卻惆悵地藉由夕照風景，感嘆兩人的年華已老去。

不過，最吸引我的是「千里橫黛色，數峰出雲間」、「殘雨斜日照，夕嵐飛鳥還」的景色。恰巧，我們前幾天到 Signac Café 喝下午茶時，就看到類似的夕陽景觀。突然間，我有點明白佳泰為什麼會利用週六到那裡打工了。我問他：「你是為了這幅美景嗎？」他說：「妳只猜對三分之一。另外兩個原因是，可以看到各形各色的客人，很有趣，還可以順便賺外快。」

佳泰也是從中南部來臺北打拚的人，不過他住在親戚的房子，房租很便宜，也有固定的薪資收入，其實不缺錢花用。但他打算從今年六月開始轉為接案的特約記者，同時進行自己的寫作計畫，所以得多存一點錢。他很厲害，是一手包辦採訪寫稿和拍攝的全能記者呢。

真希・一月

❻ 贈裴十迪

王維

風景日夕佳，與君賦新詩。
澹然望遠空，如意方支頤。
春風動百草，蘭蕙生我籬。
曖曖日暖閨，田家來致詞。
欣欣春還臯，淡淡水生陂。
桃李雖未開，荑萼滿芳枝。
請君理還策，敢告將農時。

一注釋一

題一**裴十迪**：裴迪，排行第十，故稱「裴十」，曾任蜀州刺史、尚書省郎。

一行一**日夕**：傍晚、黃昏。出自晉代陶潛的〈飲酒〉：「山氣日夕佳，飛鳥相與還。」／**賦**：吟詠、寫作。

二行一**澹然**：恬淡。／**如意**：古代一種有著圓盤頭、長柄略微彎曲的爪杖，功能類似現代的不求人。／**方**：正在。／**支頤**：用手托住臉頰。

三行一**蘭蕙**：蘭草和蕙草都是香草，常用來比喻高雅、高潔。／**籬**：以竹或樹枝編成的柵欄。

四行一**曖曖**：迷濛隱約。／**閨**：指屋內。／**田家**：農夫。／**致詞**：串門子。

五行一**欣欣**：草木茂盛繁榮。／**臯**：水邊的地。／**淡淡**：水流平滿。／**陂**：池塘。

六行一**荑**：茅草的嫩芽，代指草木的嫩芽。／**萼**：花萼，代指花。／**芳枝**：樹枝的美稱。

七行一**理**：準備好。／**還策**：回去時要用的拐杖。／**敢**：表示冒昧。／**農時**：農忙時節。

*賞讀譯文請見二一八頁

真希：

看來妳和康記者已經變成好朋友了，這不禁讓我想起大學時代很要好的那幾位男同學。其中一位剛好最近要結婚了，與我聯絡參加婚宴的事宜，我便趁機多跟他聊幾句，詢問他的生活近況如何。這樣與朋友聊天的感覺真好，我一向不喜歡那種表面的打鬧哈啦，喜歡真實觸碰到內心的對話。

這次，我選讀王維的〈贈裴十迪〉。詩人描寫了春日到來時萬物欣欣向榮的景象，而農家也要開始忙碌了，邀請好友裴迪快趁這美好的時節來訪。王維和裴迪是非常要好的朋友，兩人之間經常互贈詩文，有許多唱和之作，而且詩風相近，都是著名的山水田園詩人。王維的另一首〈輞川閒居贈裴秀才迪〉：「寒山轉蒼翠，秋水日潺湲。倚杖柴門外，臨風聽暮蟬。渡頭餘落日，墟里上孤煙。復值接輿醉，狂歌五柳前。」更是被稱為詩中有畫的著名詩作。

雖然我沒有比得上他們的才華，不過希望我們倆也能跟他們一樣，一直通信賞詩詞到老。（這樣的期望，會帶給妳很大的壓力嗎？）

春節就快要到了，妳同樣是除夕那天回來嗎？買到車票了嗎？這次，我和婉怡、美卉約好初三下午帶孩子到森林公園野餐，我女兒興奮地說要做餅乾和蛋糕給大家吃。如果妳有空的話，要不要一起過來玩小孩啊？（俗話說，別人家的小孩比較好玩。呵。）

明晴・一月

7 落日憶山中

李白

雨後煙景綠，晴天散餘霞。
東風隨春歸，發我枝上花。
花落時欲暮，見此令人嗟。
願遊名山去，學道飛丹砂。

李白（701～762）字太白，號青蓮居士，有詩仙、詩俠之稱，與杜甫合稱李杜。曾供奉翰林，後漫遊各地，安史之亂時欲報效國家，做了許多嘗試，卻未能如願。

—注釋—

一行—**煙景綠**：煙霧中的景物帶有新綠。／**散**：飄散。／**餘霞**：殘霞。

二行—**東風**：春風。／**歸**：回來。／**發**：生長、產生。

三行—**暮**：晚、將盡的。／**嗟**：感嘆。

四行—**丹砂**：古代有不少道士執著於煉丹術，從含汞的礦物「丹砂」中提煉出汞後，再與其他礦物熔煉為合金，並視之為長生不老藥。

＊賞讀譯文請見二一九頁

明晴：

最近，我和杏娟、意瑄都愛上了Signac Café的夕陽景觀，幾乎每個星期六都會到那裡喝下午茶。我們還向阿福抱怨，為何他沒對我們說過這件事。結果他說：「咦？我沒說過嗎？不過，老實說，我也不想一直自吹自擂，這樣感覺起來好像是在用人情逼妳們來這裡消費。」所以，他只有舉辦跨年活動時，才會主動邀請我們。

話雖如此，Signac Café走的是溫馨人情風格，鼓勵店員利用空檔時與客人寒暄幾句，但要注意不過度打擾客人。因此，我們常有機會跟佳泰聊天，也很喜歡他那直接坦率的個性。雖然他常踩到別人的地雷而不自知，但總是一臉誠懇，很少有人會因此生氣。

這次，我選讀李白的〈落日憶山中〉，詩中描寫的「雨後煙景綠，晴天散餘霞」，景致十分迷人，只是詩人在日落時看到滿地落花，也不免感傷起來，於是許下學會道家煉丹術以超脫生死的願望。

不過，對我來說，日落時分的光影變化，就像是生命最後一刻的燦爛，令人目眩神迷，就算為此得迎接黑暗也值得。

至於春節返鄉的事，佳泰說：「一個人開車回家很無聊，我順路載妳們三人回去，怎麼樣？」從臺北往南開，依序會抵達意瑄家、杏娟家、我家，最後是佳泰家。當然，都得下高速公路多繞一段路，但他覺得這樣的返鄉路比較有趣，也可以在中途稍微休息一下。於是，我們三人都欣然接受他的好意了。

對了，有關初三的聚會，我們到時保持聯絡。若家裡沒事，我就去找你們。

真希·二月

8 秋思

李白

春陽如昨日，碧樹鳴黃鸝。
蕪然蕙草暮，颯爾涼風吹。
天秋木葉下，月冷莎雞悲。
坐愁群芳歇，白露凋華滋。

一注釋一

一行—**黃鸝**：黃鶯。

二行—**蕪**：叢生的草。／**蕙草**：一種香草。／**暮**：衰頹的。／**颯爾**：風吹草木聲。

三行—**木葉下**：樹葉落下。出自自屈原的《九歌．湘夫人》：「嫋嫋兮秋風，洞庭波兮木葉下。」／**莎雞**：紡織娘，雄蟲每到夏夜就會摩擦前肢發出沙沙聲。

四行—**坐**：徒然、平白的。／**群芳**：百花。／**歇**：凋零、衰敗。／**華滋**：茂盛的花朵。

*賞讀譯文請見二一九頁

真希：

很高興妳能來參加聚會。這次見面，我覺得妳又比上次開朗多了，真好。

不過，我們全都攜家帶眷，只有妳獨自前來，聚會過程中有沒有讓妳覺得不自在呢？（畢竟妳經常會想太多了……）

這次，我選讀李白的〈秋思〉，詩人描寫春日榮景倏忽就過去了，馬上來到草木皆衰、百花落盡的涼冷秋季，讓人感嘆不已。話說，每到春節時，也會讓人有這類時光匆匆、歲月如梭的感嘆。不過，這幾年來，我還多了另一種「自己竟然已經活到這把歲數」的成就感，而且隨著年齡的增長，這種成就感有與日俱增的傾向。也難怪老人家經常倚老賣老，畢竟要安然度過這麼漫長的日子，不是件容易的事，其中辛酸只有自己知道，而那些難忘的喜悅回憶也只有自己能體會。

對了，最近我們鎮上的產銷班想要推出兩天一夜的旅遊行程，請我幫忙找見多識廣的人，在這一、兩個月內去免費體驗，並提供改進建議給他們，之後再敲定行程，做相關廣告文宣。我在想，能否邀請妳們三位，還有康記者、Signac Café 老闆阿福一起來參加？你們也可以多找幾位朋友，上限是十人。（這不是農會推動及補助的項目，我是以私人名義幫忙，沒有私相授受的問題。）

我把目前規畫的行程附在後面，請你們看一下。如果你們有興趣的話，我再請產銷班窗口安排相關事宜。不過，你們千萬不要勉強，真的有興趣再來參加。謝啦！

明晴．二月

9 夕霽杜陵登樓寄韋繇

李白

浮陽滅霽景，萬物生秋容。
登樓送遠目，伏檻觀群峰。
原野曠超緬，關河紛錯重。
清輝映竹日，翠色明雲松。
蹈海寄遐想，還山迷舊蹤。
徒然迫晚暮，未果諧心胸。
結桂空佇立，折麻恨莫從。
思君達永夜，長樂聞疏鐘。

—注釋—

題—**夕霽**：傍晚時，雨停天晴。／**杜陵**：西漢宣帝的陵墓，位於陝西省。

一行—**浮陽**：日光。／**霽景**：雨停後的景色。／**秋容**：秋色，秋天的景色。

二行—**遠目**：遠望。／**伏檻**：趴著欄杆。

三行—**曠超緬**：廣闊平遠。／**關河**：指大小關隘與河流。／**紛錯重**：紛雜錯縱。

四行—**清輝**：月光。／**竹日**：另有版本為「水竹」。／**翠色**：指竹子的翠綠。／**雲松**：直入雲端的松樹。

五行—**蹈海**：投海、走入海中，在此指蹈海求仙。／**遐想**：超越現實的思索或想像。／**還山**：歸隱。

六行—**迫**：逼近。／**晚暮**：年老。／**未果**：未能。／**諧**：調和。

七行—**結桂空佇立**：出自《楚辭．九歌．大司命》：「結桂枝兮延佇，羌愈思兮愁人。」／**折麻**：比喻離別思念之情，出自《楚辭．九歌．大司命》：「折疏麻兮瑤華，將以遺兮離居。」／**恨**：遺憾、悔恨。

八行—**永夜**：整夜。／**長樂**：西漢的長樂宮，在此指長安城的宮殿。／**疏鐘**：稀疏的鐘聲。

*賞讀譯文請見二二〇頁

明晴：

有關體驗旅遊行程的事，星期六時我一起問大家，再回覆妳。

至於聚會那天，我還滿開心的。你們每一對夫妻和親子的互動模式都不一樣，我坐在旁邊觀察，覺得好有趣，也有點羨慕。我這輩子或許沒有機會結婚生子了，也不覺得非要這麼做不可，但是能建立一個屬於自己的幸福家庭，會讓人更有踏實感吧？

說到這個，在決定跟杏娟和意瑄同住一處之前，我很擔心自己會變成她們之間礙眼的電燈泡。結果，意瑄說：「我把妳當成我們倆的孩子。我們既生不出兩人愛的結晶，也不打算借精生子或領養，有個現成的大孩子可以照顧，還滿好玩的。」明明她的年紀比我小，竟然說這種大言不慚的話，讓我不禁莞爾一笑。杏娟則說：「妳這輩子不見得真的嫁不出去，住在一起也許只是幾年的緣分；不過，如果妳一直單身的話，我們三人這樣互相照應到老，也滿好的。」

這次，我選讀李白的〈夕霽杜陵登樓寄韋繇〉，詩人先描寫在雨後登高望遠所見的秋日美麗景致，再提到真正掛心的事：「蹈海寄遐想，還山迷舊蹤。」這是李白在京城長安所寫的詩，內心在避世與入世之間搖擺。至於韋繇，相關文獻上沒有留下他的事蹟，若能知道他當時是官是民，或許能窺見李白當時的內心傾向哪一邊了。

真希・二月

⑩ 秋登巴陵望洞庭

李白

清晨登巴陵，周覽無不極。
明湖映天光，徹底見秋色。
秋色何蒼然，際海俱澄鮮。
山青滅遠樹，水淥無寒煙。
來帆出江中，去鳥向日邊。
風清長沙浦，霜空雲夢田。
瞻光惜頹髮，閱水悲徂年。
北渚既蕩漾，東流自潺湲。
郢人唱白雪，越女歌採蓮。
聽此更腸斷，憑崖淚如泉。

【注釋】

題—**巴陵**：位於今湖南省岳陽市的巴丘山。

一行—**周覽**：遍覽。／**無不極**：無不窮盡。

二行—**徹底**：形容水清見底。／**秋色**：秋日景色。

三行—**何**：多麼。／**蒼然**：廣闊。／**際海**：水天交接處。／**俱**：皆。／**澄鮮**：澄淨清新。

四行—**滅**：掩沒。／**淥**：清澈。／**寒煙**：寒冷的煙霧。

六行—**風清**：風輕柔而涼爽。／**長沙浦**：由長沙注入洞庭的湘水。／**霜空**：秋冬的晴空。／**雲夢**：雲夢澤。

七行—**瞻光**：觀覽日月之光。／**頹髮**：頹落的頭髮。／**閱水**：看逝去的流水。／**徂年**：過去的年華。

八行—**渚**：水中的小塊陸地。／**東流**：往東的江水。／**自**：兀自、還是、依然。／**潺湲**：流動。

九行—**郢人**：郢地之人，郢為春秋時代楚國的國都，在今湖北省江陵縣。／**白雪**：楚國的歌曲名。／**越女**：江南女子。／**採蓮**：樂府曲名。

十行—**腸斷**：比喻極度悲傷。／**憑**：依靠。

＊賞讀譯文請見二二一頁

真希：

看來妳真的結交到很好的朋友了，真好。如果妳們是那種吵架後能自然和好的關係，就更棒了。

我認為，婚姻的確不是人們唯一的幸福歸宿，不過妳也別因為之前的戀情沒有結果，就拒絕再談戀愛。身邊有個相知相守的人，心裡真的會踏實很多。如果有幸遇到，記得要好好把握喔。

另外，謝謝你們願意來體驗旅遊行程，還多找了阿福的太太及妹妹、康記者的表弟。到時，你們若有什麼感想或建議，請直言不諱，好讓策劃人能看見自己的盲點，再次謝謝嘍。對了，到時我也會請假隨行體驗，只不過晚上會回家過夜。

這次，我選讀李白的〈秋登巴陵望洞庭〉。它的前半部分跟〈夕霽杜陵登樓寄韋繇〉（三〇頁）一樣，描寫的是登高望遠後所看到的秋日清麗風光，而且遠近及動靜景觀兼具，令人不禁心生嚮往；後半部分則感嘆「瞻光惜頹髮，閱水悲徂年」，為年華老去而傷心流淚。

身處壯年的我們，對於青春的逝去雖然會有些感嘆，卻只是嘴巴嚷嚷而已，要像詩人這樣打從心底難過，大概會是幾歲的時候？或許並沒有特定的歲數，而是在發現原本做得如魚得水的事，突然變得不順手的時候吧？尤其是體力或肢體動作上的變化。只要對每件事充滿熱情及好奇心，我們的心是不會老去的；但身體的衰老就幾乎是不可逆的過程了，頂多只能讓它的腳步緩慢一些。

明晴・二月

11 新林浦阻風寄友人

李白

潮水定可信，天風難與期。
清晨西北轉，薄暮東南吹。
以此難挂席，佳期益相思。
海月破圓景，菰蔣生綠池。
昨日北湖梅，開花已滿枝。
今朝白門柳，夾道垂青絲。
歲物忽如此，我來定幾時。
紛紛江上雪，草草客中悲。
明發新林浦，空吟謝脁詩。

—注釋—

題—**新林浦**：又名新林港，在今南京市內。／**阻風**：被風雪所阻。

一行—**信**：知曉、知道。／**天風**：風。風行天空，故有此稱。／**與期**：難以預料。

二行—**薄暮**：傍晚。

三行—**以此**：因此。／**挂席**：揚帆。挂，通「掛」。／**佳期**：與親友相會之期。／**益**：增加。

四行—**海月**：江上明月。／**破圓景**：不圓的月景。／**菰蔣**：茭白筍。春天萌生新株，花期為夏季和秋季。

五行—**北湖**：玄武湖，在今南京市。

六行—**白門**：西城門。／**青絲**：指垂柳的柔枝。

七行—**歲物**：指草木。因其一歲一榮枯，故有此稱。／**忽**：倏忽。／**定**：究竟。

八行—**紛紛**：多而雜亂、接連不斷的樣子。／**草草**：憂愁、憂慮。／**客中**：作客中的人。

九行—**明發**：天亮出發。／**空**：徒然。／**謝脁詩**：指南朝詩人謝脁的〈之宣城出新林浦向板橋浦〉，其中有「旅思倦搖搖，孤遊昔已屢」等句。

*賞讀譯文請見二二二頁

明晴：

說真的，我很慶幸能與杏娟重逢，她的開朗大方為我打開了新的世界。要是沒有遇見她，就算我已經擺脫了舊戀情的束縛，還是會靜靜地過一個人的生活吧。沒有談戀愛，單純跟朋友往來的日子，真的很輕鬆愉快。仔細想想，我自從上高中之後，就沒有享受過這樣的生活了……這算是我遲來的青春友誼歲月嗎？

這次，我選讀李白的〈新林浦阻風寄友人〉，詩人被風雪擋在半途，無法如期赴約，在思念友人之餘，回想先前賞遊的季節風景，「昨日北湖梅，開花已滿枝。今朝白門柳，夾道垂青絲」，感嘆著歲月不斷變遷以及對未來的不確定感，也對漂泊許久的旅程感到倦意。

不管是出門旅遊或是走在人生的旅途上，都充滿了許多意料之外的變數，有些變數乍看之下是壞事，讓人為此慌亂失措，卻也常為人們帶來意想不到的收穫，到頭來其實是一件好事，也就是「因禍得福」。但或許，能不能把壞事看成好事，取決於我們的態度和作為吧。如果我遇到跟詩人一樣的情況，可能會到港口附近品嚐在地美食，或是逛逛有趣的商店，說不定會挖到什麼寶呢。

真希・三月

⑫ 謝公亭

李白

謝亭離別處，風景每生愁。
客散青天月，山空碧水流。
池花春映日，窗竹夜鳴秋。
今古一相接，長歌懷舊遊。

一注釋一

題一謝公亭：為紀念曾任宣城太守的謝朓而建的亭，相傳是謝朓送別友人范雲之處。

二行一客：旅外的人，也泛稱人。／散：分開、解體。／青天月：青天明月。／山空：人去山空。

四行一相接：相連、連接。／長歌：引吭高歌。

*賞讀譯文請見二一二頁

真希：

很高興能透過這次的體驗行程，認識妳在臺北的這些朋友。感覺起來，大家都是開朗、好相處的人，只可惜我應該沒什麼機會再跟大家碰面了。

這次，我選讀李白的〈謝公亭〉，詩中感嘆隨著時光流逝，人事全非而景物依舊，總是惹人生愁，只能長歌一曲遙想謝朓。這首詩以謝朓送別友人范雲的舊遊地為題，而在〈新林浦阻風寄友人〉（三四頁）裡，也有「空吟謝朓詩」的句子。此外，李白還寫過〈秋登宣城謝朓北樓〉：「江城如畫裡，山曉望晴空。兩水夾明鏡，雙橋落彩虹。人煙寒橘柚，秋色老梧桐。誰念北樓上，臨風懷謝公？」以及另一首曾被改編為歌曲〈新鴛鴦蝴蝶夢〉的〈宣州謝朓樓餞別校書叔雲〉：「棄我去者，昨日之日不可留；亂我心者，今日之日多煩憂。長風萬里送秋雁，對此可以酣高樓。蓬萊文章建安骨，中間小謝又清發。俱懷逸興壯思飛，欲上青天覽明月。抽刀斷水水更流，舉杯消愁愁更愁。人生在世不稱意，明朝散髮弄扁舟。」

這讓我對謝朓這個人感到好奇，便查了相關資料。在魏晉南北朝的詩人中，我只知道陶淵明和謝靈運，沒想到謝朓也是個響叮噹的人物（真是汗顏……），與謝靈運合稱大謝、小謝，因曾出任宣城太守，而有「謝宣城」之稱，擅長詠物及山水詩，是李白最景仰的詩人前輩。

這首〈謝公亭〉可說是呼應了謝朓的〈新亭渚別范零陵雲〉：「洞庭張樂地，瀟湘帝子遊。雲去蒼梧野，水還江漢流。停驂我悵望，輟棹子夷猶。廣平聽方籍，茂陵將見求。心事俱已矣，江上徒離憂。」范零陵指的就是范雲。

明晴・三月

13 謫仙怨

晴川落日初低，惆悵孤舟解攜。
鳥向平蕪遠近，人隨流水東西。
白雲千里萬里，明月前溪後溪。
獨恨長沙謫去，江潭春草萋萋。

劉長卿

劉長卿（約 709 ～ 786）

字文房。登進士第後，曾任監察御史、長洲縣尉、轉運使判官、隨州刺史等職，多次遭貶至華南一帶，亦曾因被人誣陷而入獄。

注釋

一行—**晴川**：晴空下的河川。／**惆悵**：悲愁、失意。／**解攜**：分手、別離。

二行—**平蕪**：草木繁茂的原野。

四行—**長沙謫去**：借用西漢賈誼的典故，其因遭到權貴中傷而被貶為長沙王太傅。／**春草萋萋**：春草茂盛的樣子，指綿延不斷的愁思。

*賞讀譯文請見二一三頁

明晴：

我們也玩得很開心，謝謝你們的招待。希望我們提供的感想，能對你們有所幫助。

這次，我選讀劉長卿的〈謫仙怨〉，很喜歡「鳥向平蕪遠近，人隨流水東西。白雲千里萬里，明月前溪後溪」這類用字簡單卻餘韻無窮的詩句。這首詩又名為〈苕溪酬梁耿別後見寄〉及〈答秦徵君徐少府春日見集苕溪酬梁耿別後見寄六言〉，雖然落落長，卻清楚交代了詩人創作的時代及背景：在浙江的苕溪遙想著同遭貶謫命運的好友梁耿。

此外，我也發現，這首詩的前兩句有另一個完全不同的版本：「清川永路何極，落日孤舟解攜。」妳喜歡哪個版本呢？我比較喜歡「晴川落日初低」的動態感，不過，「清川永路何極」有一種在吶喊的感覺，情感比較強烈。

在上次的回程中，我意外得知佳泰的前女友（算是吧，聽說當時他努力想要橫刀奪愛，但後來失敗了）罹患乳癌的事，她已經結婚生子，女兒現在大約三、四歲。她在進行腫瘤割除手術後，正努力進行化療，並積極尋求其他自然療法的輔助，希望能夠陪在女兒身邊久一點。佳泰在得知消息後，便很想去探望她，卻被拒絕了，聽說原因是她不希望被佳泰看到自己狼狽的樣子。

讀到這首〈謫仙怨〉，竟然讓我聯想到這件事，或許是詩中的惆悵情緒正適合用在佳泰身上吧。

真希・三月

⑭ 秋興

杜甫

玉露凋傷楓樹林，巫山巫峽氣蕭森。
江間波浪兼天湧，塞上風雲接地陰。
叢菊兩開他日淚，孤舟一繫故園心。
寒衣處處催刀尺，白帝城高急暮砧。

杜甫（712～770）
字子美，自稱少陵野老、杜陵野客，世稱詩聖。早年漫遊各地，後因進士不第而困居長安。安史之亂後，曾任左拾遺、華州司功參軍、檢校工部員外郎，最後棄官漂泊各地。

一注釋一

一行一**玉露**：秋天的霜露。／**凋傷**：指草木零落枯萎。／**氣**：氣象、景象。／**蕭森**：幽寂冷清。

二行一**江**：長江。／**兼天**：連天。／**塞上**：指巫山巫峽所在的夔州。巫峽為長江三峽之一，長江三峽由上游到下游依序為瞿塘峽、巫峽、西陵峽。／**接地陰**：風雲籠罩，地面陰暗。

三行一**叢菊兩開**：指兩度見到菊花開，亦即已經過兩個秋天。／**開**：指菊花開，也指淚眼開。／**他日**：往日。／**故園心**：思念長安的心。

四行一**催刀尺**：趕著裁製寒衣。／**白帝城**：位於瞿塘峽口的長江北岸。／**急暮砧**：黃昏時急促的搗衣聲。砧為擣衣石，代指擣衣聲。擣衣是指用杵捶打生絲，使其柔白富彈性，能裁成衣物；古代婦女在秋涼時節常為了幫親人趕製冬衣而擣衣。

*賞讀譯文請見二一三頁

真希：

希望佳泰的前女友能順利康復，同樣身為母親，我可以理解她的心情。能夠看著孩子健康快樂的長大成人，最好還能有個好歸宿，是做父母最大的心願了。（這是很老套，卻最真實的心情。）

不過，如今因為地球暖化的連鎖效應，導致極端氣候經常發生，就算孩子平安長大了，在未來又將要面臨什麼樣的地球環境呢？實在讓人有些擔心。這樣的聯想或許扯太遠，不過做父母的就是很容易想太多。

這次，我選讀杜甫的〈秋興〉，為一系列共八首的組詩。寓居於重慶夔州的杜甫，在蕭瑟的秋景中遙想陝西長安，語多古盛今衰的感嘆。我選的是奠定組詩基調的開頭第一首詩，詩人透過草木凋零、洶湧江水、烏雲蔽日等景象，營造出悲愴陰森的氛圍，彷若悲劇電影的開頭。而後，於第二首開始進入主題，喟嘆大唐王朝國勢的衰退與己身的老邁，但氣氛實在太沉重，我就不選讀了。

對我來說，可與這種擔憂心情比擬的，大概就是前面提到的氣候變遷了。不過，我的心態其實算是豁達樂觀的。雖然以一己之力來做節能減碳、環保回收等行為，無法使暖化情況立即停止，但若能藉此讓暖化速度減緩一秒，就算只有這一秒，以地球人數來加乘計算的話，就是很可觀的成效了。也許，人類到最後還是不免得走上滅亡一途，但仍會有其他生物存活在地球上，只是人類變成跟恐龍一樣的傳奇生物罷了。

對了，妳之前不是在構思杯子蛋糕角色嗎？有沒有什麼最新進展呢？

明晴・三月

15 涪城縣香積寺官閣

杜甫

寺下春江深不流，山腰官閣迥添愁。
含風翠壁孤雲細，背日丹楓萬木稠。
小院迴廊春寂寂，浴鳧飛鷺晚悠悠。
諸天合在藤蘿外，昏黑應須到上頭。

【注釋】

題─官閣：供人遊憩的樓閣。

一行─深不流：水很深，看起來像靜止不動。／迥：深遠的樣子。／添愁：使人生愁。

二行─含：夾雜。／丹楓：楓葉到秋天會變紅，故稱「丹楓」。／稠：深濃、厚密。

三行─寂寂：寂靜無人聲。／鳧：野鴨。／悠悠：閒適的樣子。

四行─諸天：本指佛教的天神，在此指香積寺中的佛像。／合：應該。／昏黑：天色昏黑。

*賞讀譯文請見二二四頁

明晴：

我已經打消構思杯子蛋糕角色的念頭了。後來想想，杯子蛋糕的外觀太繁複，反而會喧賓奪主，所以我打算改成雲朵、奶油花之類較單純的元素，來做為角色造型的發想，不過，目前還沒畫出讓我滿意的成果，還在努力中。

這次，我選讀杜甫的〈涪城縣香積寺官閣〉。從題名看來，這首詩似乎有點無趣，不過詩句很美，所描繪的登山景象令人嚮往，我最喜歡的就是「含風翠壁孤雲細，背日丹楓萬木稠」這個畫面了。不過，位在山頂上的香積寺也太遠了，竟然要走到天黑才能抵達，一想到就令人發懶。說到登山，我對東眼山的森林步道印象深刻，那裡除了有木棧道、石板道之外，還有由樹根交錯組成天然階梯的泥土步道，充滿了自然野趣，不必揹著沉重的登山裝備去攀登險峻的山徑，就能享受到彷彿與大自然合一的感覺，讓人覺得好幸運。

上個週末，我們意外看到了佳泰的前女友，她和先生、女兒剛好來 Signac Café 光顧。看佳泰不想影響她的心情，連忙躲了起來。而我因為猜拳猜輸了，就接替佳泰的工作。看起來，她的氣色挺好的，先生很呵護她，女兒也很乖巧，除去病情不談，是很幸福的一家人。躲在我們的座位偷看的佳泰，似乎也覺得放心許多，原本緊繃的臉龐也有了笑意。真好！

真希・四月

16 即事

杜甫

暮春三月巫峽長，皛皛行雲浮日光。
雷聲忽送千峰雨，花氣渾如百和香。
黃鶯過水翻迴去，燕子銜泥濕不妨。
飛閣卷簾圖畫裡，虛無只少對瀟湘。

注釋

一行 **皛皛**：潔白明亮。皛，音同「笑」。／**行雲**：流動的雲。

二行 **千峰**：群山。／**渾如**：非常像、酷似。／**百和香**：由各種香料混合而成的香。

三行 **翻迴**：返回。／**不妨**：表示可以、無妨礙之意。

四行 **飛閣**：指重慶夔州西閣。／**圖畫裡**：彷彿置身在圖畫裡。／**虛無**：空曠。／**瀟湘**：湖南省瀟水與湘水的合稱。

＊賞讀譯文請見二二四頁

真希：

妳和佳泰好像變成好朋友了，最近這幾封信裡都有提到他。

這次，我選讀杜甫的〈即事〉，恰好符合這個季節。「雷聲忽送千峰雨，花氣渾如百和香。」一句中充盈著滿滿的春日氛圍，令人感覺到大自然的活力與盎然生機。但是，杜甫卻在最後寫下：「飛閣卷簾圖畫裡，虛無只少對瀟湘。」身在風景如畫的峽谷裡，他卻嚮往著開闊的瀟湘之地。

杜甫寓居於夔州大約兩年的時間，在夔州都督柏茂林的照顧下，他掌管了一些公田，也買了果園，生活相對穩定，是其一生中的創作高峰期。後來，他因為思念家鄉（河南）而乘舟出三峽，最後卻輾轉漂流到湖南省岳陽的湘水上，長期住在船中，最後也在船上過世。與這首詩的內容，竟有著微妙的巧合。

我不禁想，如果當年杜甫不要離開夔州，是否就不會有貧病交加的晚年，而後人也可以賞讀到他的更多詩作呢？（不過，這些後見之明也不能改變什麼，只是廢話。）

在翻看杜甫的生平時，我也發現他除了李白之外，還有另一個重要的好朋友——嚴武。嚴武是唐朝武將，在他鎮守成都期間，不僅提供杜甫許多幫助，也多次勸杜甫出仕，後來杜甫被他的誠意所感動，便入其幕府擔任檢校工部員外郎，也讓杜甫有了「杜工部」的稱號。在嚴武病逝後，杜甫失去依靠，才輾轉遷居到夔州。

說到底，我們的人生，正是由我們所遇到的每個人，再加上自己所做的每個決定，串連而成的故事。

明晴・四月

17 谷口書齋寄楊補闕

錢起

泉壑帶茅茨，雲霞生薜帷。
竹憐新雨後，山愛夕陽時。
閒鷺棲常早，秋花落更遲。
家童掃蘿徑，昨與故人期。

錢起（約 722 ~ 780）字仲文，曾落第多次，登進士第後，曾任秘書省校書郎、藍田縣尉、司勳員外郎、考功郎中、翰林學士等職。為大曆十才子之一。

—注釋—

題—**谷口**：指陝西藍田輞川谷口。／**補闕**：官名，職掌為規諫朝政的缺失。

一行—**泉壑**：泉水和山谷。／**帶**：連著。／**茅茨**：原指茅草屋頂，在此指茅屋。／**雲霞**：彩霞。／**薜帷**：薜荔蔓延生長而形成的帷幔。

二行—**憐**：可愛。／**新雨**：初春的雨，或指剛下的雨。

三行—**遲**：晚。

四行—**家童**：童僕。／**蘿**：女蘿，一種地衣類植物。／**故人**：老友。／**期**：約定相見。

*賞讀譯文請見二二五頁

明晴：

我和佳泰的確滿談得來的，不過我都沒注意到我在信裡常提起他的事。或許是我們最近都會在 Signac Café 碰面，而他剛好又遇到一些事，我才會一直提到他吧。

上次他和前女友巧遇的事，還有妳提及杜甫生平的事，恰巧符合我最近在構思的四格漫畫主題「剛剛好」。我常覺得，這種「剛剛好」的相遇，最能讓人感受到生命的玄妙之處；只要差一秒鐘就會錯過，但兩人就是剛好相遇了，而這些相遇也在我們的生命中留下某種程度的影響。（關於這點，妳之前也曾經說過。）而「剛好錯過」也會給人其他的意外收穫。我想要收集這些點滴，將它串成一個連貫的故事，畫成漫畫。所以，我正在同步構思角色造型和故事內容，不過我沒有設下完成作品的期限，想讓它自然而然的熟成，而這種作法也比較符合漫畫故事的主題。

這次，我選讀錢起的〈谷口書齋寄楊補闕〉，前六句描述谷口書齋的環境，直到最後一句才點出友人約定來訪的主題。谷口書齋周圍的自然環境真美，是我所嚮往的山居生活，尤其是「雲霞生薜帷」、「山愛夕陽時」的畫面。

有一陣子，我很希望能擁有這樣的山間度假屋，但仔細一算，買地加上蓋屋的費用可不低，至少要上千萬元，不是上班族的我能負擔得起的。若是把它當成未來的養老居所，而讓現在的自己背負沉重的貸款壓力，過著苦哈哈的生活，似乎也不太對。畢竟，誰能確定自己真能活到退休之後？還是此時此刻過得好比較重要，所以我就打消這個念頭了。

真希・四月

18 自鞏洛舟行入黃河即事寄府縣僚友

韋應物

夾水蒼山路向東，東南山豁大河通。
寒樹依微遠天外，夕陽明滅亂流中。
孤村幾歲臨伊岸，一雁初晴下朔風。
為報洛橋遊宦侶，扁舟不繫與心同。

韋應物（736～約792）

長安人，家世顯赫，早年曾在宮中擔任「三衛郎」，豪放不羈；安史之亂後，發憤讀書，進士及第後，曾任滁州、江州、蘇州等地刺史。詩風與王維相近，擅長山水田園詩。

—注釋—

題—**鞏洛**：河南鞏縣的洛河注入黃河處。

一行—**蒼山**：青山。／**東南**：東南方向。／**豁**：通敞的山谷。／**大河**：黃河。

二行—**寒樹**：寒天的樹木；冷清凋殘的樹林。／**依微**：隱約、模糊不清的樣子。／**遠天**：遙遠的天空。／**明滅**：指忽明忽暗的波光。／**亂流**：河水的水流。

三行—**孤村**：孤零零的村莊。／**幾歲**：好幾年來。／**伊**：指流入洛水的伊河。／**初晴**：剛放晴。／**朔風**：北風。

四行—**報**：告訴。／**洛橋**：洛陽市天津橋，代指京城。／**遊宦侶**：在外地作官的同事。

＊賞讀譯文請見二二五頁

真希：

原來妳也有過山居夢啊？但妳不想回鄉養老嗎？我們家鄉的平原環境也滿清幽的。

這次，我選讀韋應物的〈自鞏洛舟行入黃河即事寄府縣僚友〉，從題名就可以知道詩人的創作背景，是他搭船下黃河途中的見景抒懷之作，我很喜歡「寒樹依微遠天外，夕陽明滅亂流中」這一句的畫面，不過，詩人的心卻是迷惘的，「扁舟不繫與心同」形容他的心如同沒有繫住的扁舟一樣，只能隨波逐流。

詩人應該是為了政局及仕途而迷惘，但最近讓我迷惘的卻是夫妻之間的距離，起因是我先生文杰迷上圍棋了……一開始，是我女兒很喜歡看動畫《棋靈王》，文杰被迫陪她看，也在女兒的要求下買圍棋回來玩。不過，我女兒很快就對圍棋失去興趣，反而是文杰入迷了，每天一回到家就上網找人對弈，沉浸在圍棋世界裡，完全冷落家人。我為此向他抗議，每次都是以吵架收場。

其實，下圍棋算是益智遊戲，而文杰能有這麼熱衷的興趣也是好事，我只是希望他不要入迷到忘了妻兒的存在。這件事讓我不禁開始思考，夫妻之間到底要共享多少空間、保留多少個人空間才算剛好？若是採尊重對方的態度，任其自由發展，會不會到最後兩人完全沒有交集？

老實說，我也曾試著跟他下過一局棋，但這種在過程中要緊緊糾纏、窮追不捨的遊戲，實在與我的個性相違背，便從此敬謝不敏了。

明晴・五月

19 始夏南園思舊

韋應物

夏首雲物變，雨餘草木繁。
池荷初帖水，林花已掃園。
縈叢蝶尚亂，依閣鳥猶喧。
對此殘芳月，憶在漢陵原。

【注釋】

題【始夏：初夏。
一行【雲物：天地萬物。／雨餘：雨後。
二行【帖：緊貼。／掃園：掃落一空。
三行【縈：圍繞。／依：靠著、倚傍。／閣：樓閣。
四行【殘芳：殘花，將謝的花；未落盡的花。／漢陵原：指長安，為漢朝皇陵所在地，為作者的故鄉。

＊賞讀譯文請見二二六頁

明晴：

相較於田野平原，山對我的吸引力比較大，我喜歡被森林環抱及登高望遠的感覺。所以，如果有機會，我會選擇住在山上。

這次，我選讀韋應物的〈始夏南園思舊里〉，現在是五月，差不多接近詩中描述的初夏季節，有初生的荷花，也有已然落盡的春花，蝴蝶和鳥兒依然活躍，而詩人在一衰一盛之間，想起的是自己的故鄉。不知道詩人為何會從這樣的景色聯想到故鄉，也許是因為他長年在外地當官，心繫故鄉，看到什麼都會想到故鄉吧。

最近，杏娟和意瑄之間也有一些爭執。主要是因為杏娟希望意瑄能對家人坦誠兩人的關係（杏娟的家人都知道意瑄的身分，也接受了）。但意瑄認為自己的家人較保守，可能有激烈的情緒反應，會鬧得雞犬不寧，反而導致兩人感情生變。她覺得，只要兩人都認同這份感情，就足夠了。

對於這件事，我不敢多置喙什麼，只能陪在她們身邊，用念力給予祝福了。

希望妳和文杰也能盡快找到平衡點。說不定文杰只是一時在熱頭上，過陣子就不再著迷了，到時你們就能重返過去的平靜生活。

真希・五月

⑳ 遊溪

韋應物

野水煙鶴唳，楚天雲雨空。
玩舟清景晚，垂釣綠蒲中。
落花飄旅衣，歸流澹清風。
緣源不可極，遠樹但青蔥。

一注釋一

一行一**野水**：野溪。／**唳**：高聲鳴叫。／**楚天**：南方的天空，因春秋戰國時期的楚國在長江中下游一帶，故有此稱。／**雲雨空**：雲散雨停，放晴了。

二行一**玩舟**：泛舟。／**清景**：清麗的景色。／**蒲**：水草。

三行一**歸流**：流向大海的河川。／**澹**：水波蕩漾，或指淡淡的。／**清風**：清新涼爽的微風。

四行一**緣源**：回溯溪流的源頭。／**不可**：不必。／**極**：盡頭。／**但**：只是。／**青蔥**：青翠的顏色。

＊賞讀譯文請見二二六頁

真希：

正如妳所猜測的，最近文杰對圍棋的熱情已經稍微消退了。他還是喜歡上網找人對弈，但頻率降低了，之前是每天非對弈不可，現在大約是兩、三天一次。那個會陪孩子玩耍的爸爸總算回來了，孩子們都很開心。

這次，我選讀韋應物的〈遊溪〉，是一首恬淡的賞景詩。雨後，煙霧迷濛的野溪裡，有鶴群在高聲鳴叫，而詩人乘舟遊溪，半途在水草間停下來垂釣，清風徐徐吹來，落花飄落在身上，水波輕輕蕩漾。他不打算回溯野溪的源頭，只想好好欣賞青綠蔥蘢的遠方樹林。

上個週末，我們全家到奧萬大森林遊樂區去玩。現在不是楓紅季節，遊客比較少，散步其間十分愜意。園區裡，能欣賞到清水溪和瑪谷溪匯流的開闊溪景，頗能呼應這首詩。可惜我們只能站在橋上往下看，沒辦法到溪裡乘舟垂釣。

截至目前為止，我從水面上看風景的經驗，大概只有踩天鵝船遊湖時吧。之前，我曾看過獨木舟運動的介紹，聽說平臺式獨木舟的設計就像浮板，極不容易翻船，划起來也很簡單，讓我有點想嘗試看看。不過，得等到小兒子長大一點，才能全家一起去體驗。

明晴・五月

21 宿湖中

水天向晚碧沉沉，樹影霞光重疊深。
浸月冷波千頃練，苞霜新橘萬株金。
幸無案牘何妨醉，縱有笙歌不廢吟。
十隻畫船何處宿，洞庭山腳太湖心。

白居易

白居易（772～846）字樂天，號香山居士、醉吟先生。登進士第後，曾任翰林學士、左拾遺、尚書司門員外郎、中書舍人、刑部尚書等職。曾遭誹謗而被貶至江州、忠州等地；返回中央後，又自請到外地，曾任杭州及蘇州刺史。留下許多反映民間疾苦的詩作。與元稹共同提倡新樂府運動，世稱「元白」，與劉禹錫並稱「劉白」。

注釋

一行—**水天**：水天一色。／**向晚**：傍晚。／**碧沉沉**：純淨碧綠。／**深**：深幽、深邃。

二行—**浸月冷波**：浸著月光的水波。／**練**：潔白的絲絹。／**苞**：同「包」，包裹之意。

三行—**案牘**：指公事。／**何妨**：用反問的語氣來表示「不妨」。／**笙歌**：泛指奏樂唱歌。／**廢**：停止、捨棄。／**吟**：吟詩、吟詠。

四行—**畫船**：裝飾華美的遊船。

＊賞讀譯文請見二二六頁

明晴：

這次，我選讀白居易的〈宿湖中〉，也是一首描寫乘船所見景色的詩，時間從傍晚到入夜，有兩種截然不同的風情，而詩人在飲酒作樂、聽歌吟詠後，就直接夜宿在停泊於太湖中央的船上。與韋應物的〈遊溪〉（五二頁）相較，整個情境熱鬧許多。

白居易在擔任杭州及蘇州刺史時，於地方建設上頗有政績。不過，那時的他已不再勤寫反應社會現實的詩作。他在先前遭遇貶謫之後，便將濟世態度調整為獨善其身，安處於當下，生活大抵是閒適的，所以才會寫出這樣歡樂的詩吧。

最近，佳泰把他的寫作計畫拿來給我們看。他打算要做一本介紹手工技藝職人的書，並依照這幾年來的採訪經驗及研究，挑選了一些採訪對象。我看了之後，覺得很有趣，忍不住詢問他，我可不可以當跟班。他也爽快答應，說只要對方同意、我的時間也配合得上，就讓我去。

他還說，他以前很天真，總想要透過一、兩小時的訪問就洞悉受訪者的一切，寫出他的完整面貌，也會為自己沒問出某些答案而感到懊惱。但後來，他慢慢發現到，受訪者會因為自己當天的狀態，還有採訪者的提問，做出些微不同的回答。每篇報導都是採訪者與受訪者互動的結果，內容並非千篇一律，他想要寫出只有自己才寫得出來的報導，這本書就懷抱了這樣的期待。

無論是白居易或佳泰，他們的天真裡都有著熱情，而在經一事長一智的琢磨後，這份熱情柔化成溫情，雖然少了烈焰，卻能燃燒更久。

真希・五月

22 南湖早春

風迴雲斷雨初晴，返照湖邊暖復明。
亂點碎紅山杏發，平鋪新綠水蘋生。
翅低白雁飛仍重，舌澀黃鸝語未成。
不道江南春不好，年年衰病減心情。

白居易

—注釋—

題—**南湖**：江西省鄱陽湖中的南湖。

一行—**雲斷**：雲被風吹散。／**返照**：重新照著。／**暖復明**：暖和又明亮。

二行—**亂點**：指繁多點點四處散落。／**碎紅**：指杏花花朵。／**發**：開花。／**水蘋**：一種水生蕨類植物。生在淺水中，葉片浮於水面。又稱白蘋、田字草。

三行—**翅低**：飛得很低。／**重**：沉重。／**黃鸝**：黃鶯。／**舌澀**：舌頭不靈活。

四行—**不道**：不是說。／**衰病**：衰弱抱病。

*賞讀譯文請見二二七頁

真希：

白居易的這首〈南湖早春〉，創作時間比〈宿湖中〉（五四頁）還要早，是他被貶謫到江州時所寫的。當時的白居易初次體會到官場現實的殘酷，沮喪的心情顯而易見，即便面對如此美麗的江南春景，正值中年的他仍感嘆自己已年老體衰，沒有遊賞的興致。不過，篤信佛教的白居易後來調整了心態，如妳上封信所說的那樣，過著平靜閒適的中晚年。

至於佳泰的轉變過程，應該不同於白居易。他並非從宗教角度來調整處世態度，而是從事情本身去思考，專注在如何把事情做得更好吧？很期待看到他的新作品，這本書預計什麼時候出版呢？

上個月，我兒子剛滿三歲，到目前為止，基本的生活自理能力大致搞定，只剩下難度較高的洗澡了，讓我有種解脫的快感。雖然看著孩子逐漸長大是很好玩的事，但我已經不想再經歷一次了。

再過幾個月，我女兒也要升上小學四年級，差不多要開始注意她的胸部是否有發育的徵兆。當她開始發育，也代表她即將要進入青春期了。到時，她會不會叛逆到讓我難以招架呢？記得當年，我好像沒有過於明顯的叛逆，期望她也能跟我一樣，安穩度過青春期。

明晴・五月

23 晚秋夜

白居易

碧空溶溶月華靜，月裏愁人吊孤影。
花開殘菊傍疏籬，葉下衰桐落寒井。
塞鴻飛急覺秋盡，鄰雞鳴遲知夜永。
凝情不語空所思，風吹白露衣裳冷。

注釋

一行 **碧空**：蔚藍色的天空。／**溶溶**：明淨潔白；代指月光。／**月華**：月色。／**愁人**：心懷憂愁的人。／**吊**：慰問。

二行 **傍**：靠近。／**葉下**：葉子落下。

三行 **塞鴻**：塞外的鴻雁。鴻雁又稱大雁，是一種候鳥，於春季返回北方，秋季飛到南方越冬。古人常用來表達對遠方親人的懷念。／**盡**：完結、終止。／**急**：快、迅速。／**夜永**：夜長。

四行 **凝情**：情意專注。／**白露**：指秋天的露水，因秋天在五行中屬金，而白色為金的代表色，故有此稱。

＊賞讀譯文請見二二七頁

明晴：

佳泰的正職工作會做到六月底，從七月開始接案。到那時，他才會利用接案空檔進行寫作計畫的採訪工作。目標是花半年到一年的時間完成，之後再找出版社洽談。感覺起來，他純粹是因為喜歡、想做而去做，至於書完成之後能不能賺錢或至少收支平衡，倒不在他的考量內。所以，這本書最快明年中才會出版吧。

這次，我選讀白居易的〈晚秋夜〉，是天空主題裡經常出現的月夜愁思詩作，那時沒有選讀，可能是因為「花開殘菊傍疏籬，葉下衰桐落寒井」的鮮明畫面，讓我們不想把這首詩侷限在天空主題裡吧。在詩中，透過「吊孤影」及「凝情不語」，或許可以猜測詩人的哀愁源於思念某人，但也有可能是無以名狀的愁緒。

回想青春期時，我的外在行為也沒有明顯的叛逆，但內心卻翻騰著各種思緒，開始對這世界和自己充滿各種疑惑。這世界到底是為何而來？人又是為何而生？生命的終點到底是什麼？我曾問過父親，真的有天堂存在嗎？也曾認同「過得快樂是對命運最大的報復」這類的話。

現在的我，不喜歡這種仇視命運的態度。所謂命運的捉弄，或許跟自己應對的態度有關吧。若是猶豫不決，事情的發展就無法明朗化；要是自認為弱者，就只能被動承受事件的結果；如果願意採取什麼行動，就可以扭轉事情變化的態勢。

真希・六月

㉔ 江樓晚眺，景物鮮奇，吟玩成篇，寄水部張員外

白居易

澹煙疏雨間斜陽，江色鮮明海氣涼。
蜃散雲收破樓閣，虹殘水照斷橋梁。
風翻白浪花千片，雁點青天字一行。
好著丹青圖寫取，題詩寄與水曹郎。

【注釋】

題【**江樓**：杭州城東樓。／**水部張員外**：即張籍，字文昌，以樂府詩著稱，時任水部員外郎。

一行【**澹**：清淡。／**間**：夾雜。／**斜陽**：夕陽。／**鮮明**：色彩鮮豔耀眼。／**海氣**：海風。

二行【**蜃**：蜃氣。古時認為海市蜃樓的景象是由蜃（大蛤蜊）吐氣而成，實際上是光線折射作用而將遠處景物投映在空中或地面。／**散**：消散。／**破樓閣**：前述景色就像殘破的閣樓。／**虹殘水照**：殘破彩虹映在水中的倒影。／**斷橋梁**：指彩虹像斷掉的橋。

三行【**花千片**：指白浪如片片白花。／**字一行**：雁群在飛行時常排列成「人」或「一」字形。

四行【**著**：著色。／**丹青**：紅色和青色顏料。／**圖寫取**：描畫下來。／**水曹郎**：指張籍。

*賞讀譯文請見二二八頁

真希：

雖然我有點害怕女兒的青春期，卻很懷念自己在青春期時恣意張狂、不懂得收斂的模樣，還有透過人際交往、觀察世界、閱讀及反思，逐漸摸索出人生觀和世界觀的轉變過程。當然，人的轉變並不會因為青春期結束而停止，只是變化沒有那麼劇烈，大多都是在青春期所奠定的基礎上進行微調。

希望我女兒在青春期時能夠打下正向的基礎。不過，父母是無法主導這個轉變過程的，只能抱持尊重的態度，盡量透過自己的言行舉止來對兒女造成良好的影響。

這次，我選讀白居易的〈江樓晚眺，景物鮮奇，吟玩成篇，寄水部張員外〉，是詩人在杭州時所寫的詩，純粹是為了與友人張籍分享美景而創作，看來當時還附上一幅親筆畫給張籍，讓人真想看看那幅畫作。

像這類喜愛創作的人，或許常被認為他們只是單純的想要表達自我個性，不在乎其他人是否接受；但其實他們都是想要將自己的所感所悟分享給他人。而妳、亞翔和佳泰，都有這樣的傾向吧？我覺得這類的分享是很好的事，畢竟每個人都只能看見片面的世界，若可多看一些其他人眼中的世界，就能讓我們對世界的真實模樣多一分了解，在面對各種人事物時，就不會再過於武斷地下定論了。

明晴・六月

25 秋曉行南谷經荒村

柳宗元

杪秋霜露重，晨起行幽谷。
黃葉覆溪橋，荒村唯古木。
寒花疏寂歷，幽泉微斷續。
機心久已忘，何事驚麋鹿。

柳宗元（773～819）

字子厚。登進士第後，曾任監察御史、禮部員外郎。因參與王叔文主導的永貞革新失敗，被貶任永州司馬、柳州刺史。主張「以文明道」，在古文上與韓愈齊名。與劉禹錫交情深厚。為唐宋八大家之一。

—注釋—

題—**南谷**：在永州郊外。

一行—**杪秋**：晚秋。

二行—**唯**：只有。

三行—**寂歷**：凋零稀疏的樣子。／**幽泉**：幽深隱僻的泉水。

四行—**機心**：機巧之心。／**何事**：為何。

*賞讀譯文請見二二八頁

明晴：

我的創作欲望不像亞翔和佳泰那麼強烈，只是覺得想故事是件好玩的事，因此以非常隨興的步調在進行。直到最近，我才初步勾勒出自己覺得還可以的人物外觀雛型，但對於故事的背景設定還沒有任何想法。

這次，我選讀柳宗元的〈秋曉行南谷經荒村〉，濃烈的晚秋情調，萬物蕭瑟寂寥的荒谷景象，似乎暗喻著詩人的心境。柳宗元曾參與由權臣王叔文主導的永貞革新，但這場革新維持不到兩百天就宣告失敗，包含柳宗元、劉禹錫在內的相關人等，都被貶到外地擔任司馬。司馬一職是刺史的佐官，並無實際權責，有志難伸的柳宗元為了排解愁悶，便開始廣讀史書、遊覽永州各地，也開始深入鑽研佛理。這首詩便是柳宗元在擔任永州司馬時所寫的，也許當時的他還無法完全接受這樣的情勢轉變，因此最後以「機心久已忘，何事驚麋鹿」來表達自己對世事的疑惑不解。

最近，我在工作方面也陷入愁悶之中，突然對自己未來是否要繼續做這份工作感到疑惑。明明我之前在面對弘宇及亞翔時，都堅定選擇這份工作的，現在卻開始動搖了。仔細一算，我進DF動畫臺已經十年，是到了該轉變的時候嗎？還是純屬倦怠，過了一段時間後就會好轉呢？我一時還想不明白。

真希・六月

26 感諷

李賀

石根秋水明，石畔秋草瘦。
侵衣野竹香，蟄蟄垂葉厚。
岑中月歸來，蟾光掛空秀。
桂露對仙娥，星星下雲逗。
淒涼梔子落，山璺泣清漏。
下有張蔚廬，披書案將朽。

李賀（790～816）

字長吉。多次落第不中，曾經人薦引後任奉禮郎。有「詩鬼」之稱。

—注釋—

一行—**石根**：岩石的底部；山腳。

二行—**侵**：侵入，沁入。／**蟄蟄**：眾多。

三行—**岑**：高而小的山。／**蟾光**：月光。／**秀**：清麗、俊美。

四行—**桂露**：桂樹上的露珠。／**仙娥**：指嫦娥。／**雲逗**：雲氣聚集，在此指聚集的雲塊。

五行—**梔子**：一種常綠灌木或小喬木，夏天開花。／**璺**：縫隙。音同「問」。／**漏**：滴水計時裝置，在此指山泉。

六行—**張蔚廬**：漢代貧困隱士張仲蔚的住處，在此指李賀自己的住處。／**披**：翻開。／**案**：書桌。／**朽**：腐爛、敗壞。

*賞讀譯文請見二二九頁

真希：

這次，我選讀李賀的〈感諷〉，在季節和作者心境上頗能呼應柳宗元的〈秋曉行南谷經荒村〉（六二頁）。相較於柳宗元於登進士第後被派任官職，李賀卻不曾及第過，僅在經人薦引後擔任九品小官「奉禮郎」，並在三年後主動辭去官職。詩中最後的「下有張蔚廬，披書案將朽」便表露了李賀自己最真實的情境：用功讀書，卻不受重用，過著一貧如洗的生活。而搭配此情境的，是在美麗絕豔中帶著幾許淒清的秋夜風景，與柳宗元所寫出的寂寥晚秋清晨有著截然不同的氛圍。

在那樣的時代裡，詩人所遭遇的仕途變化深受外界條件的掌控，無法僅憑一己之力來扭轉。不過，他們始終沒有放棄寫詩，無論是柳宗元或李賀，都持續不斷地創作，留下許多美麗的詩篇。也或許，創作是他們的精神支柱，若不寫詩抒發心情，日子會更加難過吧。

我覺得，在心情陷入迷惘時，拿出紙筆來隨意寫畫，就算寫下的是文句不通順又跳躍的火星文，畫出鬼畫符一樣的塗鴉，都有助於釐清思緒。當工作陷入倦怠狀況時，也可以這麼做，把混亂的思維全都寫畫出來，不久後就能看清這種狀態是一時的，還是在提醒妳該轉換人生跑道。加油嘍！

明晴・六月

27 河南府試十二月樂詞

四月、七月

李賀

・四月

曉涼暮涼樹如蓋，千山濃綠生雲外。
依微香雨青氛氳，膩葉蟠花照曲門。
金塘閑水搖碧漪，老景沉重無驚飛，
墮紅殘萼暗參差。

・七月

星依雲渚冷，露滴盤中圓。
好花生木末，衰蕙愁空園。
夜天如玉砌，池葉極青錢。
僅厭舞衫薄，稍知花簟寒。
曉風何拂拂，北斗光闌干。

注釋

一之一行——**曉**：清晨。／**暮**：傍晚。／**蓋**：指傘。／**千山**：指山多，群山。

一之二行——**依微**：輕微。／**香雨**：從香花間落下的雨。／**氛氳**：茂盛、豐盛。／**膩葉**：綠油油的葉子。／**蟠花**：盤曲的花。／**曲門**：幽深曲折的門。

一之三行——**金塘**：堅固的石塘。／**閑**：通「閒」，指安靜悠閒。／**碧漪**：綠色的漣漪。／**老景**：相較於初春，此景已老。／**驚飛**：因風飛舞的花。

一之四行——**墮紅**：落花。／**暗**：無光澤的；暗淡。／**參差**：指顏色不一致。

二之一行——**雲渚**：銀河。

二之二行——**好花**：指木芙蓉。／**蕙**：蕙草。

二之三行——**青錢**：青銅錢。比喻色綠而形圓之物，如榆葉、萍葉等。

二之四行——**僅**：才。／**厭**：嫌棄／**花簟**：有花紋的竹席。

二之五行——**何**：多麼。／**拂拂**：風輕吹的樣子。／**闌干**：星光橫斜參差的樣子。

*賞讀譯文請見二三〇頁

明晴：

我一向有心煩就寫日記的習慣，不過這次面對日記卻是腦中一片空白，感覺好像是我的人生樂譜被畫上休止符似的。正好，最近忙完了暑假新上檔動畫的廣宣預告片，我便請假去當佳泰的採訪跟班，想在散心之餘看看不同的人生。

佳泰挑選的採訪對象都是投入該項手工技藝至少十年的資深職人。他除了詳問受訪者的心路歷程與風格變化外，也會跟訪完整的製作流程。出發前，我就在想，說不定能從這些職人身上學到什麼，而實際上，我也從這次採訪的陶藝家身上學到大膽嘗試各種實驗的做事態度。

回來後，我突然明白，最近的倦怠來自於我構思製作的廣宣預告片已經落入窠臼中，因為太過熟練而習於套用固定公式，連自己都覺得無聊了。我應該要求自己每次都要從不同角度切入，或是做一點改變才行。

這次，我選讀李賀〈河南府試十二月樂詞〉中的「四月」和「七月」。這組詩是否為李賀參加河南府試時所寫，在資料上有些爭議，只能知道的確是出自李賀之手。他為十二個月及閏月各寫了一首當月風情詩，內容包含自然景色及人們的活動或心境，而其中風景畫面最美的就是描寫初夏的「四月」和初秋的「七月」了。

對了，今年的暑假，妳有幫女兒安排什麼特別的活動嗎？

真希・七月

㉘ 賦得桃李無言

李商隱

夭桃花正發，穠李蕊方繁。
應候非爭艷，成蹊不在言。
靜中霞暗吐，香處雪潛翻。
得意搖風態，含情泣露痕。
芬芳光上苑，寂默委中園。
赤白徒自許，幽芳誰與論。

李商隱（812～858）
字義山，號玉谿生、樊南生。父早亡，家境貧苦。因捲入牛李黨爭，仕途不順遂。與杜牧合稱「小李杜」，與溫庭筠合稱為「溫李」。

【注釋】

題｜**賦得**：分到的題目，為李商隱練習應試詩之作。／**桃李無言**：出自《史記‧李將軍列傳》的「桃李不言，下自成蹊」，比喻為人只要真誠、忠實，就能感動別人。

一行｜**夭**：茂盛的樣子。／**穠**：豔麗。／**蕊**：此處指花苞、花。

二行｜**應候**：順應氣候。／**爭艷**：爭相表現美麗的姿態。／**成蹊**：指形成小路。

三行｜**霞**：指桃花的顏色。／**雪**：指如雪般的李花。

四行｜**泣露**：形如淚水的露珠。

五行｜**芬芳**：香氣。／**上苑**：上林苑，為皇家園林。／**寂默**：靜默不語，不出聲音。／**委**：凋萎。／**中園**：園中。

六行｜**自許**：自誇。／**幽芳**：清香。亦指香花。

＊賞讀譯文請見二三一頁

真希：

李商隱的〈賦得桃李無言〉也是一首與應試相關的詩，為詩人的練習作。其實，這首詩本應該放在花園主題中的，卻因為它是應試詩而被我暫時擱在一旁。這次，剛好妳選讀李賀的〈河南府試十二月樂詞〉（六六頁），我想緊接著賞讀〈賦得桃李無言〉也挺有趣的，便將它列進來。

詩中描寫的桃花和李花盛開景象，讓我聯想到武陵農場的櫻花林，實在美豔絕倫。只可惜武陵農場的賞花人潮太多，減損了那份彷如置身仙境的悠閒感。

花兒的豔麗外觀，大多是為了吸引蝴蝶、蜜蜂或鳥兒前來採蜜，以便幫它們散播花粉，來繁衍後代。至於詩人筆下的花，則大多是自己的化身，總為了無人欣賞而嗟嘆不已。在花園主題裡，我們也賞讀過一些題旨相近的詩詞。

最近，我和文杰都有越來越胖的傾向，想要積極培養運動的習慣，所以今年暑假為女兒安排的目標是學會打羽毛球，還特別買了一把適合她的兒童球拍。幾週下來，女兒已經稍微能跟我們對打了，而且因為大家一樣生疏，過程中頻頻「突搥」，總是笑聲不斷。至於小兒子，就由我們三人輪流陪他踢足球。

另外，文杰也與同事一起組成圍棋社團，幾乎每個星期六早上都要出門下圍棋。那段時間，就變成我們母子三人的烘焙或畫畫時間了。我覺得，像這樣留一些個人時間和空間投入興趣中，還滿好的。讓我也想要安排一些自己獨處的時間。

明晴・七月

29

河瀆神

河上望叢祠

溫庭筠

河上望叢祠，廟前春雨來時。
楚山無限鳥飛遲，蘭棹空傷別離。
何處杜鵑啼不歇，豔紅開盡如血。
蟬鬢美人愁絕，百花芳草佳節。

溫庭筠（約812～866）

本名岐，字飛卿。出身沒落的貴族家庭，屢舉進士不第。恃才不羈，性喜譏刺權貴。曾任隋縣尉、方城縣尉、國子監助教等職。精通音律。詩與李商隱齊名，時稱「溫李」；詞與韋莊齊名，並稱「溫韋」，為花間派鼻祖，多寫女子閨情。

注釋

一行—**叢祠**：樹叢中的祠堂。

二行—**楚山**：楚地之山。楚地為春秋戰國時期楚國所在的長江中下游一帶。／**無限**：沒有窮盡。／**遲**：緩慢。／**蘭棹**：木蘭樹製成的槳，泛指精美的船。

三行—**杜鵑**：指杜鵑鳥，啼聲近似「歸歸」。／**豔紅開盡如血**：豔紅指杜鵑花。但引用的是「杜鵑鳥啼血」的典故。

四行—**蟬鬢**：形容女子的鬢髮薄如蟬翼，黑如蟬身。／**愁絕**：極端憂愁。／**芳草**：香草。／**佳節**：美好的節日。

*賞讀譯文請見二三一頁

明晴：

你們家的生活還是一樣和樂，真好呢！

Signac Café的老闆阿福和太太小萍，也嚮往有孩子的家庭，但多年來一直無法自然懷孕。約莫半年前，他們在檢查確認沒有基因及器質上的問題後，便開始吃中藥調養身體，最近總算有好消息了。阿福很開心，推出連續一個月的八折特價活動。而小萍因為害喜症狀有點嚴重，已經辭職在家休養，之後也打算在Signac Café幫忙，以方便帶孩子。

當初，我在思考要不要跟弘宇一起經營冰淇淋店時，完全沒有想到這對帶孩子來說，是相對有利的環境。（我沒有近距離看過親友帶孩子的情況，也就沒有多加注意這點了。）聽阿福和小萍談起，才知道這樣的工作模式可以讓他們把孩子帶在身邊照顧，要是孩子突然生病，也不必煩惱請假的問題。我才明白，原來帶孩子有很多「眉角」要注意。

不過，我這次選讀的溫庭筠〈河瀆神〉，跟家庭生活倒是沒啥關係，而是一首傷別離的詞。這首詞讀來簡單易懂，但我在翻閱相關資料時，卻看到三種不同的解讀。有人認為主角是搭船離開的男子，而下片是他揣想女子思念他時的愁苦情境；有人認為主角是搭船的女子，因為聯想到心上人時離開的情景，而引發愁緒；還有人認為，上片的主角是搭船離開的男子，下片的主角則是苦苦等盼男子歸來的女子。妳喜歡哪種解讀呢？我的直覺反應是第一種解讀，不過我覺得第三種解讀頗有新意。

真希・七月

30 題崔公池亭舊游

溫庭筠

皎鏡方塘菡萏秋，此來重見採蓮舟。
誰能不遂當年樂，還恐添成異日愁。
紅豔影多風裊裊，碧空雲斷水悠悠。
檐前依舊青山色，盡日無人獨上樓。

—注釋—

題—又名「題懷貞亭舊遊」。

一行—**皎鏡**：明鏡，比喻水面。／**菡萏**：荷花的別名。／**此來**：這次來。

二行—**不遂**：不盡。／**異日**：來日，以後。

三行—**紅豔影**：指荷花。／**裊裊**：搖曳不定的樣子。另有版本為「嫋嫋」，意思相同。／**碧空**：淡藍色的天空。／**雲斷**：一朵朵雲。／**悠悠**：安閒暇適的樣子。

四行—**檐**：同「簷」。屋頂邊緣突出牆壁的部分。／**盡日**：整日。

*賞讀譯文請見二三二頁

真希：

我讀溫庭筠的〈河瀆神〉（七〇頁）時，跟妳一樣，直覺會想到第一種解讀。這或許是因為作者是男性而導致的刻板印象吧。但若以詞人擅寫女子閨情來看，第二種解讀也是可能的。

這次，我選讀溫庭筠的〈題崔公池亭舊遊〉，題旨就非常明確。作者於秋日重返舊遊地，只見晴空下，青山圍繞的水塘裡，採蓮舟忙碌往返、荷花迎風搖曳等景色依舊，卻無人相伴，只能獨自上樓賞景，讓人滿懷惆悵寂寥。不過，昔日相伴在左右的人是誰，就有很多種可能性，如親人、朋友、情人、同學、同事等，就現代人而言，可以應用在很多種情境中。

至於帶孩子的事，阿福和小萍選擇的方式很好，卻不是唯一正確的。畢竟夫妻兩人的收入依靠同一個來源，萬一出了什麼狀況，就會頓失所有收入，讓全家人的生活陷入困境。

當初我和文杰在買房子時，也沒有考慮到孩子的事，只想到以公平為原則，選在兩人工作地點的中間地帶，而這裡剛好距離娘家和婆家都差不多遠。原本我們打算把孩子交給長輩帶，讓他們含飴弄孫、享受天倫之樂。但是，我爸媽要忙農事，我公婆則不想搬離住慣了的家，希望我們把孩子送過去，但如此一來，每天往返要多花一個小時。我們不想把時間浪費在波奔上，徒增大人和小孩的勞累，也不想讓孩子住在婆家，週末時才跟孩子相處。後來，經鄰居介紹，我們找到住家附近一位口碑不錯的保母，就決定把孩子交給她來帶，由較晚出門的我送孩子過去，再由較早下班的文杰去接孩子，讓孩子有多一點時間與我們相處。

明晴·七月

31 寒食前有懷

溫庭筠

萬物相鮮雨乍晴，春寒寂歷近清明。
殘芳荏苒雙飛蝶，曉睡朦朧百囀鶯。
舊約不歸成獨酌，故園雖在有誰耕。
悠然更起嚴灘恨，一宿東風蕙草生。

【注釋】

一行—**相鮮**：鮮麗而相互映襯。／**寂歷**：寂靜冷清。／**清明**：清明節。

二行—**殘芳荏苒**：隨著時間過去，花朵逐一凋謝。／**曉**：早晨。／**百囀**：鳴聲婉轉多樣。

三行—**故園**：故鄉。

四行—**悠然**：閒適自得的樣子。／**嚴灘**：引自東漢嚴光的事蹟。嚴光拒絕光武帝賜予的官職，隱居在富春山種田，其垂釣的地方被後人稱為「嚴陵瀨」，即詩中所指的嚴灘。／**一宿**：一夜。／**東風**：春風。／**蕙草**：一種香草。

*賞讀譯文請見二三二頁

明晴：

先前才剛聽到小萍懷孕的好消息，這幾天卻接獲意瑄的母親意外身亡的消息，一生一死，實在令人不勝唏噓。意瑄趕回家鄉奔喪後，杏娟也決定要請假幾天，想陪伴在意瑄身邊。她對我說，她會注意自己的舉止，不讓意瑄的家人發現兩人的關係，畢竟意瑄的心情已經很低落了，她不想在這個節骨眼上再給意瑄添煩惱。這種為對方著想的感情，真是讓人羨慕呢。

這次，我選讀溫庭筠的〈寒食前有懷〉，詩中充滿了複雜的情緒。作者以萬物的鮮麗對比春寒天氣的冷清，在清晨剛睡醒的朦朧間聽見黃鶯群熱鬧的啼叫聲，看見蝴蝶飛舞在零落的花叢裡，生機勃勃間夾雜殘破景象。詩人無法如約回鄉過清明節，只能獨自飲酒，感嘆家鄉的田園已經荒廢無人耕作，而自己依然不受朝廷重用。

我覺得，詩中的「嚴灘恨」應該有兩層意思，一層是嫉妒嚴光受到皇帝賞識，卻寧願選擇隱居，真是人在福中不知福，另一層是自己因不受重用而只能隱居。「一宿東風蕙草生」則應該帶有期待未來能欣欣向榮的心情。

花開花謝、一生一滅間，常讓人不知所措。聽杏娟說，意瑄決定要辭職，在家休息一段時間，等心情調適好之後，再重回職場。

真希・八月

32 菩薩蠻

翠翹金縷雙鸂鶒

溫庭筠

翠翹金縷雙鸂鶒，水紋細起春池碧。
池上海棠梨，雨晴紅滿枝。
繡衫遮笑靨，煙草黏飛蝶。
青瑣對芳菲，玉關音信稀。

注釋

一行　**翠翹**：指鸂鶒的尾巴。／**金縷**：鸂鶒羽毛的花色。／**鸂鶒**：一種水鳥，外形近似鴛鴦，但體型較大，羽毛多為紫色，常成對出入。音同「溪赤」。

二行　**海棠梨**：海棠樹，薔薇科蘋果屬，花期四至五月，果期八至九月。

四行　**青瑣**：指裝飾皇宮門窗的青色圖紋，亦指刻鏤成格的窗戶，也有富貴人家之意。／**芳菲**：花草，或指美好時節。／**玉關**：甘肅省的玉門關，在此指遊子的所在地。

*賞讀譯文請見二三三頁

真希：

真遺憾聽到這個消息。失去至親是最讓人難過的事了，能夠休息一陣子也好。不過，也希望意瑄能早日振作起來，重回正常生活。

這次，我選讀溫庭筠的〈菩薩蠻〉，是一首描寫婦人在春日思念遠去遊子的詞。這首詞滿好理解的，不過，我在翻閱資料時，也看到了多種解讀角度。首句的「翠翹金縷雙鸂鶒」，除了直觀解讀為鸂鶒的外觀，也有人將「翠翹」解讀為女子頭上形似翠鳥尾部的髮飾，「雙鸂鶒」則是金縷衣上的圖樣，如此一來，「水紋細起春池碧」就純粹是女子所看到的景色，而非鸂鶒划游而過造成的。「海棠梨」也有開白花的「棠梨」之說，但若是如此，「雨晴紅滿枝」指的就是其他開紅花的植物。至於「繡衫遮笑靨，煙草黏飛蝶」這句，也有「女子因春景美麗而展露笑容」，以及「指昔日與情人歡聚的回憶畫面」等兩種解讀。但不管怎麼解讀，最後一句「青瑣對芳菲，玉關音信稀」都明確點出了題旨，有種殊途同歸的趣味。

人生也是如此，不管如何風光或落魄，如何喜悅或悲傷，到最後都歸於死亡。但對於人生的過程要怎麼解讀與詮釋，就完全任憑人心了。當然，依我的個性，一定會往好的方面想。既然無論如何都要走一遭，就開心點吧。

對了，妳的近況如何呢？最近都沒看到妳提起自己的事。

明晴・八月

㉝ 秋日赴闕題潼關驛樓

許渾

紅葉晚蕭蕭，長亭酒一瓢。
殘雲歸太華，疏雨過中條。
樹色隨山迥，河聲入海遙。
帝鄉明日到，猶自夢漁樵。

許渾（約 791 ～ 858 在世）字用晦，一作仲晦。登進士第後，曾任監察御史、潤州司馬、郢州刺史等職。晚年歸居閒居，自編詩集《丁卯集》。

—注釋—

題—**闕**：指唐代都城長安。／**潼關**：關名，在陝西省境內。

一行—**蕭蕭**：形容風聲、落葉聲。／**長亭**：古代約每十里設一個休憩亭，稱為長亭，通常是送別的地方。／**一瓢**：一杯。

二行—**殘雲**：零散稀疏的雲。／**太華**：即西嶽華山，在陝西省境內。／**疎雨**：稀疏的細雨。／**中條**：山名，在山西省境內。

三行—**樹色**：樹木的景色。／**迥**：遠。

四行—**帝鄉**：京城，指長安。／**猶自**：仍舊。／**夢**：夢想著。／**漁樵**：漁夫和樵父。

＊賞讀譯文請見二三三頁

明晴：

撇開周圍朋友的變化不談，我的生活很平靜，沒什麼大變化。至於我想畫的故事，還在醞釀中，不知何時才能生出來……（顯示為無奈狀態）。

唯一的變化，就是意瑄已經回臺北了，上週她交接完手邊的工作後，就待在住處休息，順便為我們煮晚餐。每天下班後回到住處，都有溫熱又香噴噴的飯菜等著我們，真的有家的感覺。本來意瑄打算休息一個月左右，再開始找新工作，但剛好她的前同事有外發美編設計案的需求，她便順勢開始接案工作，如果順利的話，也許會長期持續下去。

這次，我選讀許渾的〈秋日赴闕題潼關驛樓〉，詩人寫下赴京途中所見的景色，並在詩末表明嚮往隱居山林的心情。意瑄現在的生活，也有幾分這種感覺，身處在繁華的臺北都市，生活步調卻悠慢閒適，有種「大隱隱朝市」的況味。

她說，母親突然過世讓她深感人世無常，決定往後要讓每個當下都活得美好。她除了會更常回家探望父親之外，也想好好珍惜與杏娟在一起的日子，為兩人的家經營出溫暖氛圍。而我，還是一樣被她視為兩人的孩子。雖然這樣的角色設定像是在扮家家酒，有點幼稚，但我對於能在臺北有新的「家人」，還是感到開心。

真希・八月

34 早秋

許渾

遙夜泛清瑟，西風生翠蘿。
殘螢棲玉露，早雁拂金河。
高樹曉還密，遠山晴更多。
淮南一葉下，自覺洞庭波。

一注釋一

一行一**遙夜**：長夜。／**泛**：流蕩。／**清瑟**：清細的瑟聲。／**翠蘿**：又稱松蘿、女蘿，為附生植物。

二行一**棲**：棲息。／**玉露**：晶瑩如玉的露水。／**拂**：掠過。／**金河**：秋天的銀河。

三行一**曉**：早晨。／**密**：茂密。

四行一**淮南一葉下**：出自《淮南子・說山訓》：「以小明大，見一葉落，而知歲之將暮。」／**洞庭波**：出自屈原《楚辭・九歌・湘夫人》：「嫋嫋兮秋風，洞庭波兮木葉下。」

*賞讀譯文請見二三三頁

真希：

現在正值夏末，賞讀許渾的〈早秋〉，感覺挺對味的。詩人從夜景入手，再描寫日景，不知是否暗喻著一夜無眠？若真是如此，從「淮南一葉下，自覺洞庭波」這句，也許可猜測詩人並非為了特定的事件，而是感傷歲月荏苒、韶光易逝吧。

就像我女兒的暑假接近尾聲，即將升上小學四年級，小兒子也要上幼稚園就讀，不只是孩子的人生要邁入新階段，生活圍繞著他們打轉的我們夫妻倆，生活模式也得隨之調整。回首兩個孩子從小不點逐漸長大好幾倍的過程，既感到欣喜，也不免感嘆幾年的時間一眨眼就過了。

雖然小兒子才三歲半，有些人會認為現在就讓他去讀幼稚園太早了。不過，我覺得這個年紀的孩子已經開始探索群體互動，與其每天待在家裡跟保母乾瞪眼，只偶爾出門散散步，不如多跟其他同年紀的小朋友互動玩耍。

當然，代價就是時不時會跟上流行，帶著感冒病毒回家。但人生嘛，難免會感冒，只要多加注意個人衛生，適度補充營養，增強孩子的抵抗力，就能降低罹病率；萬一還是「中獎」了，在孩子出現症狀時趕緊就醫，大部分很快就會痊癒，也不必太過緊張。

明晴・八月

35 春泛若耶溪

幽意無斷絕，此去隨所偶。
晚風吹行舟，花路入溪口。
際夜轉西壑，隔山望南斗。
潭煙飛溶溶，林月低向後。
生事且瀰漫，願爲持竿叟。

綦毋潛

綦毋潛（約720年後在世）

字孝通，登進士第後，曾任左拾遺、著作郎等職，後辭官歸隱，遊於江淮一帶。綦，音同「其」。

【注釋】

題－**若耶溪**：位在浙江省境內。

一行－**幽意**：尋幽訪勝的心意。／**偶**：遇。

二行－**行舟**：航行中的船。／**花路**：兩岸開滿鮮花的水路。

三行－**際夜**：入夜、傍晚。／**壑**：山谷。／**南斗**：星宿名稱，共有六顆星排成斗杓形狀，為射手座的一部分恆星，夏季時出現於南方天空。

四行－**溶溶**：廣大濃盛的樣子。／**林月**：林間月亮。

五行－**生事**：人事、世事。／**且**：尚且、仍然。／**瀰漫**：渺茫無盡。／**持竿叟**：釣魚老翁。

＊賞讀譯文請見二三四頁

明晴：

有無孩子的人生，真的大不相同。你們隨著孩子的成長，有每個階段的不同生活，就像學生時代那樣，闖過一關又一關，充滿了進展及過關的成就感。至於我呢，好像從大學畢業後就停在原地了，日復一日過著類似的生活，唯一有累積的、可算數的紀錄，除了年紀之外，大概就是製作的廣宣預告片數量了。我剛才仔細計算一下，大約有五、六百支。看到這個紀錄，我才有那麼一點沒虛度這十多年光陰的感覺。

不過，為了讓自己的人生有多一點往前邁進的感覺，我決定要把自己的漫畫作品當成孩子，一點一滴地培育。本來我想等構思完整之後再開始畫，但我最近突然覺得，再這樣延宕下去，可能永遠都沒有動筆的一天，便展開行動了。我現在的想法是，不求一下筆就完美，要是畫不好就當作在打草稿，再重畫一次就好了。不過，我會等到作品夠成熟後，才放到網路上分享。我當然希望這些作品會受到喜愛，甚至受到肯定而印製成書，不過，我更在意能否畫出自己真心喜歡的作品。

我現在的心態，跟這次選讀的綦毋潛〈春泛若耶溪〉大不相同。詩人描寫夜間乘舟所見的河岸、星空及山林景色，表明了對世事感到失望而想隱居的心思。詩人選擇遁逃離世，而我則決定採取一些積極作為。不過，這沒有孰是孰非的問題，人生原本就沒有非要怎樣不可的規定，每個人對幸福人生的定義，都可以不一樣。

真希．九月

36 闕題

劉昚虛

道由白雲盡，春與青溪長。
時有落花至，遠隨流水香。
閑門向山路，深柳讀書堂。
幽映每白日，清輝照衣裳。

劉昚虛　字全乙。開元前後時人，累官崇文館校書郎。昚，音同「慎」。

一注釋一

題**一闕題**：缺題。

一行**一道**：道路。／**白雲盡**：白雲的盡頭。／**春**：春意。／**青溪**：碧綠的溪流。

三行**一閑門**：通「閒門」，指進出往來的人不多，顯得清閒的門庭。／**深**：茂盛。

四行**一幽映**：隱約的日光。／**每**：每當。／**白日**：白天。／**清輝**：明亮澄淨的光輝。

*賞讀譯文請見二三四頁

真希：

說到人生的模樣，我突然想到幾年前到香港旅遊的事。我很少看港片，不是很熟悉粵語文化，所以我一看到當地的菜單，就完全愣住了。上面寫的全是中文字，但它們組合在一起後，我卻一項品名都看不懂，讓我感到相當驚訝。如果是到使用不同文字的地方旅遊，或許會覺得這樣的文化差異是理所當然的，不會有什麼特別的感觸。然而，在香港這個算是「同文同種」的地方，卻有著截然不同的中文用法，讓我深深覺得，所謂的生活方式，真的有很多種可能性，我們不該限定自己的人生只能如何度過，也不必依隨傳統或他人的價值觀，應該要拋開所有的束縛，自由設定自己想要的人生。

這次，我選讀劉昚虛的〈闕題〉，詩中描述被大自然環抱的優美書齋環境，可以跟錢起〈谷口書齋寄楊補闕〉（四六頁）對照賞讀，似乎雲、山、溪流和花是古人書齋的必備條件。

只可惜，現代已經不流行書房了，家有豪華影音室才讓人欣羨。也許螢幕裡的世界更加豐富精采，但我還是喜歡能打開窗迎入大自然風景的房間。我家是前後都有窗戶的連棟透天厝之一，而我不只是在前院種一些植物，也在每層樓的窗臺都擺了盆栽，期望能打造被森林環抱的假象。一開始，我都是買草本花卉盆栽，但經常開過一輪花就陣亡了（顯示為不太會照顧⋯⋯），已經換過好幾代。現在，我都改買灌木類盆栽，像是桂花、茉莉花、九重葛、馬纓丹等等，就可以陪伴我們好幾年了。

很高興妳開始畫了，期待看到妳的作品嘍！

明晴・九月

37 菩薩蠻

迴塘風起波紋細

李珣

迴塘風起波紋細，刺桐花裏門斜閉。
殘日照平蕪，雙雙飛鷓鴣。
征帆何處客，相見還相隔。
不語欲魂銷，望中煙水遙。

李珣（約855～930）
字德潤，為波斯人後裔。曾以秀才為王衍賓客，事蜀主。通醫理，兼賣香藥。蜀亡後，不仕。

一注釋一

一行—**迴塘**：環曲的水池。

二行—**平蕪**：雜草繁茂的平原。／**鷓鴣**：外觀與雞相似，體型較小，羽色大多黑白相雜。

三行—**征帆**：遠行的船。／**客**：作客。／**相見**：指在夢中相見。

四行—**魂銷**：靈魂離體而消失，形容極度悲傷或歡樂激動。／**望中**：視野之內。／**煙水**：煙霧瀰漫的水面。

*賞讀譯文請見二三五頁

明晴：

沒想到妳跟我一樣，都不擅長照顧草本花卉。我的經驗是，臺北太潮溼了，經常會有天外飛來的蕨類入住花盆裡，形成一種組合盆栽的有趣畫面，而當原本的草本植物生命力逐漸衰弱後，蕨類就會開始擴大勢力範圍，最後變成不折不扣的蕨類盆栽。而且，落腳在每一盆裡的蕨類都不一樣，實在讓人不得不讚歎大自然的神奇。雖然這種鳩占鵲巢的行為不值得鼓勵，不過既然它們這麼適合生長在這樣的環境，我就把它們留下來，繼續照顧澆灌了。

這次，我選讀李珣的〈菩薩蠻〉，是一首典型的透過景物抒發思念的詞。風吹過迴塘，水面漾起細細的波紋，紅燦燦的刺桐花開了，人兒卻緊閉門扉，無心欣賞。夕陽斜照在廣闊的原野上，一對鷓鴣飛過眼前，讓人不禁猜想乘船遠離的遊子究竟身在何處。即便兩人在夢中相見了，卻像隔岸互看般無法相依偎，也沒有任何的言語交流，讓人醒來後只能失神地望著煙波浩渺的江面發呆。

讀到這首詞，我才突然驚覺亞翔回日本已經是將近一年前的事了，而我真的對他徹底死心，不再留戀。像詩中的這種心情，已經很久沒有出現了。能夠擺脫這份情執，真的讓我感覺自己的世界變得豁然開朗了。

真希・九月

38 小重山

春入神京萬木芳

和凝

春入神京萬木芳。禁林鶯語滑，蝶飛狂。
曉花擎露妬啼妝。紅日永，風和百花香。
煙鎖柳絲長。御溝澄碧水，轉池塘。
時時微雨洗風光。天衢遠，到處引笙簧。

和凝（898～955）字成績。為後梁進士，於後唐、後晉、後漢、後周等朝，皆任官職。

—注釋—

一行—**神京**：京都。／**禁林**：禁苑園林。／**鶯語**：鶯的啼鳴聲。／**滑**：流利。／**狂**：放縱不受拘束的。

二行—**曉花**：清晨的花。／**擎露**：托著露珠。／**妬啼妝**：讓帶淚美人嫉妒。／**紅日**：太陽。／**永**：長。／**風和**：溫暖的風。

三行—**鎖**：幽禁、封閉，延伸為籠罩之意。／**柳絲**：形容柳枝細長如絲。／**御溝**：流經御苑的溝渠。／**澄碧**：清澈碧綠。／**轉**：轉入。

四行—**時時**：經常。／**微雨**：細雨。／**洗**：洗滌。／**風光**：風景。／**天衢**：京城的道路。／**遠**：長。／**笙簧**：指笙的樂音。簧是笙中的簧片。

*賞讀譯文請見二三五頁

真希：

看到妳終於徹底走出那段往事的陰影，真的很為妳開心。

這次，我選讀的和凝〈小重山〉，或許很符合妳現在的心情。詞人描寫在京城看到的春日風光，草木繁盛，鶯啼蝶飛，有帶著露珠的嬌媚花朵，還有晴日裡暖風吹來的花香味，柳樹與溝渠裡的清澈流水構築出輕霧籠罩的綠意畫面，偶爾落下的細雨則將這幅景色洗滌得更為清麗。而生活在這裡的人，則聽笙樂作樂。整首詞洋溢著喜悅之情。

我兒子上幼稚園快一個月了，他跟我女兒一樣，很快就適應，沒有哭鬧的問題。或許是因為他們之前白天時都是由保母照顧，所以比較不會出現分離焦慮的情況吧。

文杰則在學校嘗試開辦學生的圍棋社團，沒想到竟然有人報名，剛好越過開團門檻，讓他開心極了。他還打算將來要帶隊去其他學校切磋琢磨，甚至不排除參加段位比賽。

我覺得這麼做，可能會讓學生陷入無止盡的競爭循環，無法樂在其中。他卻認為，圍棋本來就是兩人間的競技遊戲，如何在過程中鍛鍊心智和技巧，學會正確看待得失的態度，是比較重要的。這麼說也沒錯。

後來我想到，或許喜歡下圍棋的人，本身就喜歡這種你爭我奪的過程，遇到比賽時，說不定是興奮多於緊張呢。

明晴・九月

39 春光好

和凝

蘋葉軟，杏花明，畫船輕。
雙浴鴛鴦出淥汀，棹歌聲。
春水無風無浪，春天半雨半晴。
紅粉相隨南浦晚，幾含情。

【注釋】

一行【**蘋**：一種水生蕨類植物。生在淺水中，葉片浮於水面。又稱水蘋、白蘋、田字草。／**軟**：柔嫩。／**明**：明媚，鮮明好看。／**畫船**：裝飾華美的遊船。

二行【**浴**：沉浸。／**淥汀**：淥在此處同「綠」，指綠草茂盛的沙洲。／**棹歌**：行船時所唱的歌。

四行【**紅粉**：代指女子。／**相隨**：相從、跟隨。／**南浦**：南邊的水岸。泛指送別之地。源自南朝江淹〈別賦〉：「送君南浦，傷如之何。」／**晚**：傍晚。／**幾含情**：屢次含著深情。

*賞讀譯文請見二三六頁

明晴：

前幾天晚上，我們的公寓來了不速之客——意瑄的哥哥阿清突然出現，把我們嚇了一大跳。

阿清一進屋就四處打量，發現意瑄和杏娟的合照後，就直接問：「妳們是情侶關係吧？」意瑄和杏娟聞言，都不知道該怎麼回應比較好，便沒回話。

「妳們別裝了，我和老爸都發現了。」阿清又說。

「所以……請問你今天來這裡的目的是什麼？」杏娟有點緊張地問。

阿清笑了笑說：「放心，我不是來拆散妳們的。我家老爸是有點失望，但他覺得能遇到互相喜歡的人，總比嫁錯人好。只要妳能好好照顧意瑄，他不會反對。只是，我們沒辦法向其他親朋好友介紹妳們的關係，這點就要請妳多多包涵。不過，我們很歡迎妳偶爾來家裡玩。」

意瑄聽到這段話，忍不住喜極而泣地說：「我還以為你們一定會反對的。」

「老實說，我不知道老媽會怎麼想。不過，她要是看到妳幸福的樣子，一定會感到安心的。」阿清說。

阿清離開後，我總覺得意瑄和杏娟的笑容比以往更燦爛耀眼。也許是她們心中懸著的大石，總算落下的關係吧。

這次，我選讀和凝的〈春光好〉，「雙浴鴛鴦出渌汀，棹歌聲」、「紅粉相隨南浦晚，幾含情」很適合用來形容意瑄和杏娟現在的心情。而我最喜歡「春水無風無浪，春天半雨半晴」，句子雖然簡單，卻韻味無窮。

真希・十月

40 漁歌子 二首

孫光憲

・其一

草芊芊，波漾漾，湖邊草色連波漲。
沿蓼岸，泊楓汀，天際玉輪初上。
扣舷歌，聯極望，槳聲伊軋知何向。
黃鵠叫，白鷗眠，誰似儂家疏曠。

・其二

泛流螢，明又滅，夜涼水冷東灣闊。
風浩浩，笛寥寥，萬頃金波澄澈。
杜若洲，香郁烈，一聲宿雁霜時節。
經霅水，過松江，盡屬儂家日月。

孫光憲（約900～968）

字孟文，自號葆光子。為農家子弟，好讀書。五代後唐時，曾任陵州判官；之後在十國中的荊南為官，累官至檢校秘書監兼御史大夫。

注釋

一之一行—**芊芊**：茂盛的樣子。／**漾漾**：蕩漾。／**連**：和、及。

一之二行—**蓼**：紅蓼。一種水陸兩棲草本植物。／**楓汀**：有楓樹的沙洲。／**玉輪**：月亮。

一之三行—**扣**：敲、擊。通「叩」。／**舷**：船、飛機的兩側邊緣。音同「嫌」。／**聯極望**：向四周遠望。／**伊軋**：搖槳聲，同「咿呀」。

一之四行—**黃鵠**：黃色的天鵝。鵠，音同「胡」。／**儂家**：我。／**疏曠**：豪放豁達。

二之一行—**流螢**：飛行的螢火蟲。

二之二行—**浩浩**：浩蕩。／**寥寥**：稀疏。／**金波**：水面波浪上的月光。

二之三行—**杜若**：一種香草植物，開白色花。／**宿雁**：夜間停宿的大雁。

二之四行—**霅水**：位在浙江省吳興縣。／**松江**：吳淞江，位在江蘇省境內。

*賞讀譯文請見二三六頁

真希：

看到意瑄的事，讓我不禁想到，如果將來我的孩子做出有違我期待的選擇時，我會怎麼做呢？老實說，做父母的，對孩子一定會有某些期待，希望孩子各方面都很好、希望孩子在哪些方面表現突出，或是完成自己沒能實現的夢想……等。然而，就如同俗話說：「兒孫自有兒孫福。」就算孩子長得再怎麼像父母、動作舉止如何與父母神似，還是有他自己獨特的性格與喜好。

但我想，我不會一開始就選擇沉默，而是會對孩子說出我的看法，至於他願不願意參考，就尊重他的決定。畢竟每個人在做決定時難免會有盲點，如果我們能適時點出來，讓孩子做更周詳的思考，就能減少將來後悔的情況發生。

這次，我選讀孫光憲的〈漁歌子〉二首，都是描寫夜間行船所見的風光。月光照耀湖面，波光閃耀，寂靜中傳來吟唱船歌的聲音，偶有幾聲鳥鳴和笛樂，一個人獨擁這片遼闊湖景，心胸也變得寬大豁達。或許，將來在為孩子的選擇而煩憂時，該來讀讀這兩首詞，試著讓自己打開心胸，並相信孩子的選擇。

明晴・十月

41 浣溪沙

蓼岸風多橘柚香

孫光憲

蓼岸風多橘柚香，江邊一望楚天長。
片帆煙際閃孤光。
目送征鴻飛杳杳，思隨流水去茫茫。
蘭紅波碧憶瀟湘。

注釋

一行 **楚天**：春秋戰國時期的楚國在長江中下游一帶，之後泛指南方天空。

二行 **片帆**：孤舟。

三行 **征鴻**：遠飛的鴻雁。鴻雁又稱大雁，是一種候鳥，於春季返回北方，秋季飛到南方越冬。／**杳杳**：深遠。

四行 **蘭紅**：指紅蘭，為菊科草本植物，夏秋時開紅色管狀花。／**瀟湘**：原指湖南的瀟湘流域一帶，後泛指所思之處。

*賞讀譯文請見二三七頁

明晴：

這首孫光憲的〈浣溪沙〉，也是眺望江景的抒懷之作，卻充滿了依依離情，訴說著目送親友乘帆遠去的寂寥。在蓼花盛開，秋風帶來橘柚香氣的岸邊，望向遼闊的江河，「閃孤光」既是指遠離的人，也暗指著自己的孤單吧。直到不見帆影後，仍捨不得轉身離開，便目送鴻雁飛向天際的身影，讓紛雜的思緒漸隨流水漂蕩而去，只希望對方能記得今日的江邊風景，以及在此處送別的自己。

最近，因為意瑄家的變故，我們有好一陣子沒去 Signac Café 了，直到前幾天才再度造訪。幾個月不見，小萍的肚子變好大了，也聽說有個打工妹妹很喜歡佳泰，頻頻對他獻殷勤，成了我們調侃佳泰的話題，但佳泰似乎對她興趣缺缺，反而轉移話題，問我下個週末要不要跟他一起去採訪。這次的採訪剛好在假日，我不必特別請假，但不知為何，我卻莫名地猶豫起來，便以可能要回中部的理由回絕他。

那天，還有店裡的一位男常客突然說要請我喝咖啡，希望跟我交朋友。我立刻就謝絕他的好意。老實說，我沒有再談戀愛的心思了。一個人這樣悠哉地隨意度日，也挺好的。

真希・十月

42 應天長

石城花落江樓雨

馮延巳

石城花落江樓雨，雲隔長洲蘭芷暮。
芳草岸，和煙霧，誰在綠楊深處住。
舊遊時事故，歲晚離人何處。
杳杳蘭舟西去，魂歸巫峽路。

馮延巳（903～960）

字正中。於南唐的烈祖李、中主李璟二朝為官，與李璟關係緊密，四度任宰相又被罷黜。

注釋

一行—**石城**：指石頭城，即南京。／**江樓**：江邊的樓房。／**隔**：隔斷。／**長洲**：水中長形陸地。／**蘭芷**：蘭草與白芷，皆為香草。

二行—**和**：帶著。

三行—**舊遊**：昔日的遊覽。／**事故**：事情。／**歲晚**：年末。／**離人**：離開家園的人。

四行—**杳杳**：渺茫、幽遠的樣子。／**蘭舟**：木蘭樹打造的船，為船隻的美稱。／**魂**：人的神志、意念。／**歸**：依附、趨向。／**巫峽**：長江三峽之一。

＊賞讀譯文請見二三七頁

真希：

天氣漸漸轉涼了，剛好我的鉤針編織手藝也越來越純熟，已經織好要送給妳們三人的圍巾，這幾天就會寄過去。這三條圍巾的花色都不相同，妳們再自己分配嘍。

最近，我對編織越來越著迷，買了一大堆毛線回來，還畫了一些設計圖，想編織出具個人特色的作品。不過，我並不打算把這些作品留在身邊，而是在拍照留念後就分送給適合的朋友或捐給慈善機構。

對於感情的事，我希望妳能保持開放的心態，雖然不一定非要結婚不可，但也沒必要完全排斥。現在有不少人是到三、四十歲才找到真愛，妳還是有可能遇到命中注定的那個人的。

這次，我選讀馮延巳的〈應天長〉，也是一首與江邊及離情有關的詞。兩人在煙雨濛濛的暮春季節相聚，到歲末時已分隔多月，而詩中人早已魂不守舍，心思跟隨乘蘭舟西去的離人到了巫峽，顯見這份思念有多麼深切，我想，他們應該是熱戀中的情人吧。

我和文杰結婚至今已經十多年，夫妻間的互動越來越像親人，不再像熱戀時那麼難分難捨，即使短暫分離也不會太過思念，反倒是跟子女之間比較分不開。不過，要是我必須跟文杰分開生活一年半載，一定會覺得很失落的。想到這裡，我突然覺得以前勸妳的那些「遠距戀愛也是可行」的話，真是在唱高調。

明晴・十月

43 鵲踏枝

秋入蠻蕉風半裂

馮延巳

秋入蠻蕉風半裂，狼籍池塘，雨打疏荷折。
繞砌蛩聲芳草歇，愁腸學盡丁香結。
回首西南看晚月，孤雁來時，塞管聲嗚咽。
歷歷前歡無處說，關山何日休離別。

注釋

一行 **蠻蕉**：芭蕉。因產於南方，故有此稱。／**風半裂**：指蕉葉被風吹裂。／**狼籍**：形容凌亂不整。／**折**：折損，摧折損傷。

二行 **砌**：臺階。／**蛩聲**：蟋蟀的叫聲。／**歇**：竭盡、凋零、衰敗。／**愁腸**：憂思鬱結的心腸。／**丁香結**：丁香的花蕾，因大多含苞不放，被用來比喻愁思固結不解。

三行 **晚月**：夜間的月亮。／**雁**：一種候鳥，於春季返回北方，秋季飛到南方越冬。／**塞管**：羌笛。

四行 **歷歷**：清晰分明。／**前歡**：往日的歡樂。／**關山**：關隘與山峰。比喻路途遙遠或行路的困難。／**休**：不要。

＊賞讀譯文請見二三八頁

明晴：

謝謝妳寄來的圍巾，我們都很喜歡，而且還因為太難抉擇了，最後決定用抽籤的方式來分配。如果妳真的愛上編織的話，要不要考慮發展文創品牌呢？這應該會很有趣。

最近，我總算開始創作漫畫了，主題名稱是「剛剛好」，也許並不響亮，卻很切合我想表達的理念。雖然莫非定律（Murphy's Law）確實有幾分道理，但我更覺得生活中常有一些意外或看似無關緊要的插曲，會引導我們遇到對的人事物，像是無意間受到雜誌封面吸引而將它買下來，發現裡面正好有自己查找已久的資訊；或是不小心與人相撞，晚了一步沒趕上公車，但後一班公車人很少，一上車就有座位之類。

我也決定不要設限為四格漫畫，視故事需要來自由發展；也不強求每篇之間要有什麼連貫的發展，想到什麼就畫什麼。這幾天就會把畫好的放到社群網站上，有空歡迎來看看喔。

至於感情的事，我並非排斥，只是不想「以交往為前提」這般刻意地展開一段關係。

這次，我選讀馮延巳的〈鵲踏枝〉，也與離情有關。上片描寫淒清的秋景，讓人愁思滿懷，下片則敘述在望月的同時，伴隨孤雁身影及哀傷的笛聲，如此孤苦的情境令人更加想念往日的歡愉時光，期待別離之日終有結束的一天。感覺起來，似乎是遠離家鄉的遊子思念故里的心情。

真希・十一月

44 鵲踏枝

梅花繁枝千萬片

馮延巳

梅花繁枝千萬片，猶自多情，學雪隨風轉。
昨夜笙歌容易散，酒醒添得愁無限。
樓上春山寒四面，過盡征鴻，暮景煙深淺。
一晌憑闌人不見，鮫綃掩淚思量遍。

一注釋一

一行—**猶自**：仍舊。
二行—**笙歌**：泛指奏樂唱歌。／**容易**：輕易、隨便。
三行—**春山**：春日的山。／**過盡**：全都過去。／**征鴻**：遠行的鴻雁。古人把鴻雁視為信差的代表。相傳漢武帝時，匈奴將使臣蘇武流放北海，並謊稱他已死。漢使接獲密告得知實情，並用計對匈奴說，漢皇帝射下的一隻鴻雁上有蘇武的帛書，讓蘇武得以被釋放。／**暮景**：傍晚的景色。
四行—**一晌**：片刻，或一段時間。在此指後者。／**憑闌**：倚靠欄杆。／**人不見**：不見那人。／**鮫綃**：鮫人是傳說中的魚尾人身生物，滴淚成珠，善於紡織，所製出的鮫綃入水不濕。代指絲製手帕、手絹。／**思量**：惦記、思念。／**遍**：沒有一處遺漏的。

*賞讀譯文請見二三八頁

真希：

對於編織，我沒想過要發展成什麼文創品牌，因為我也不知道自己能熱中多久。如果幾年後我還不嫌煩，也有一些新點子的話，或許會考慮用來兼差賺外快吧。

我看了妳的漫畫，覺得滿有意思的。我還叫大女兒一起來看，因為我希望她也能夠用同樣的角度來看世界，就跟我最近買給女兒看的小說《波麗安娜》（*Pollyanna*）很類似。若執著於人生的不幸，是無法改變任何事的，只會讓自己越來越消沉。而試著找出好的那一面，就算無法改變什麼事，至少自己能擁有愉悅的心情。

不過，這世界上也有不少人就是喜歡沉浸在悲劇氛圍裡，享受那所謂的淒美。表面上看似痛苦，其實在內心深處獲得某種快感，像這樣的人也許就是所謂的「被虐狂」。

這類人應該會喜歡我這次選讀的馮延巳〈鵲踏枝〉，詞中充滿了好景不常的感慨及無盡的相思之情。飄落的梅花如白雪般隨風飛舞；昨夜的熱鬧歌宴已曲終人散，讓人在酒醒後更添幾分愁。上樓遙望春寒料峭的山景，只見鴻雁遠去，沒有捎來任何音信，暮色也逐漸降臨。在此憑欄守候多時，始終不見那人的身影，只能流淚思念。

明晴・十一月

45 玉樓春

雪雲乍變春雲簇

馮延巳

雪雲乍變春雲簇，漸覺年華堪縱目。
北枝梅蕊犯寒開，南浦波紋如酒綠。
芳菲次第長相續，自是情多無處足。
尊前百計得春歸，莫為傷春眉黛蹙。

【注釋】

一行】**雪雲**：下雪的雲。／**乍**：突然。／**簇**：聚集成團。／**年華**：春日的美景。／**堪**：可以、能夠。／**縱目**：放眼遠望。

二行】**梅蕊**：梅花。／**犯寒**：冒著寒冷。／**南浦**：指池塘。

三行】**芳菲**：香花芳草。／**次第**：先後的次序。／**相續**：相繼；前後連接。／**自是**：自然是。／**足**：滿足。

四行】**尊**：酒器，代指酒席。／**眉黛**：指眉，古代婦女以青黑色顏料「黛」來畫眉。／**蹙**：皺縮。

＊賞讀譯文請見二三九頁

明晴：

相較而言，這次我選讀的馮延巳〈玉樓春〉，其中的豁達態度與〈鵲踏枝（梅花繁枝千萬片）〉（一〇二頁）截然不同，是妳比較喜歡的吧。這兩者觀點上的差異，不知是作者心態上的轉變所致，還是如另一種說法，此詞是由歐陽脩所作的呢？不過，相關史料上似乎沒有足夠的證據可確認作者為誰，就暫且不管它了。

這首詞的上片，寫的是由冬入春的初春景象，感受得到逐漸冒出頭的種種生機。下片則是百花輪流綻放了一整個春天，但多情的人卻仍覺得不滿足，千方百計地想在宴飲中留下春光，但最後只得到春歸去的結局，請別因為傷春而緊皺眉頭。

讀到這裡，我突然想到很常聽到的「半杯水」理論，是「只剩下」半杯水，或「還有」半杯水呢？「只剩下」的用詞背後，隱藏著「快要沒有的不安」；「還有」的用詞背後，則藏著「現在擁有的幸福」。我們賞讀過的所有詩詞，或該說全世界的文學及故事創作，都是在這兩端搖擺，因為觀點的不同，而寫出或悲傷或歡愉的作品。我們都傾向選擇後者，而我的漫畫《剛剛好》也是如此。

我正在蒐集繪製漫畫的相關素材，除了親身經歷與感觸外，我也詢問周遭的朋友，杏娟和意瑄都提供了不少。如果妳也有願意分享的小故事，再告訴我嘍。當然，故事內容會經過改編，不會完全一模一樣。

真希・十一月

46 長相思

一重山

李煜

一重山，兩重山，
山遠天高煙水寒，相思楓葉丹。
菊花開，菊花殘，
塞雁高飛人未還，一簾風月閒。

李煜（937～978）
初名從嘉，字重光，號鐘隱、蓮峰居士，為南唐的末代君主，世稱李後主。在南唐滅亡後被北宋俘虜。精書法、工繪畫、通音律，有詞聖之稱。

—注釋—

一行**—丹**：紅色。／**煙水**：煙霧瀰漫的水面。

四行**—塞雁**：塞外的鴻雁。鴻雁又稱大雁，是一種候鳥，於春季返回北方，秋季飛到南方越冬。古人常用來表達對遠方親人的懷念。／**風月**：清風明月，指閒適的景色。／**閒**：安靜。

*賞讀譯文請見二三九頁

真希：

我把印象深刻的一些小故事都寫在後面了，給妳參考嘍。之後，妳有打算將這些漫畫集結成冊嗎？我想要留兩本給我的孩子看看。

這次，我選讀李煜的〈長相思〉。我很喜歡像「一重山，兩重山」、「菊花開，菊花殘」這樣的類疊句，看似簡單卻又具有巧思，還能加深某種情緒氛圍。在現代作詞人中，我覺得五月天的阿信算是箇中高手，或許這是他所偏好或刻意營造的風格。

有關詞中的「相思楓葉丹」，我看到「相思如同楓葉逐漸變紅」、「相思如楓葉般丹紅」兩種解釋，妳喜歡哪一種呢？我覺得前者比較有時間的流動感，也較能呼應前後類疊句所營造的氛圍。

十二月快到了，眼看我就要邁入三十五歲，女兒也要滿十歲了。在大部分的職場裡，一到三十五歲算是定終生了吧，轉換跑道的機會越來越有限。記得妳的前男友弘宇也是因為這樣才打算創業的。或許是被「三十五」這個數字給束縛了，我最近對工作感到有些倦怠。我打算在生日前後請幾天特休假，自己一個人進行當日來回的旅行，享受當媽媽之後就很少有的獨處時光，轉換一下心情。

明晴・十一月

47

謝新恩

冉冉秋光留不住

李煜

冉冉秋光留不住，滿階紅葉暮。
又是過重陽，臺榭登臨處。
茱萸香墜，紫菊氣飄庭戶。
晚煙籠細雨。
嗈嗈新雁咽寒聲，愁恨年年長相似。

—注釋—

一行—冉冉：緩慢行進。／秋光：秋天的時光。
二行—登臨處：指登高望遠的地方。
三行—香墜：裝有香料的墜子。／紫菊氣：紫菊的香氣。
五行—嗈嗈：鳥和鳴的聲音。嗈，音同「庸」。／新雁：剛從北方飛來的大雁。／咽寒聲：嗚咽悲涼的聲音。

＊賞讀譯文請見二四〇頁

明晴：

妳要不要來臺北找我呢？現在有高鐵，當天來回很方便。我帶妳去 Signac Café 坐坐，那裡不只視野很棒，雙口味披薩套餐也很受歡迎，值得品嚐看看。如果妳要來的話，就直接打電話給我喔。

至於我的漫畫，等累積夠多之後，我再整理成方便列印的 PDF 檔給妳（如果我有持續畫下去的話……）。只是，我沒想到它會變成受到媽媽推薦的親子共享漫畫。（：P）

這次，我選讀李煜的〈謝新恩〉，是一首盈滿秋愁的詩詞，詞人在淒涼秋景中感嘆韶光易逝，對於年復一年的秋去而感傷。上一首〈長相思〉（一〇六頁）中有「相思楓葉丹」，而這首則有「滿階紅葉暮」，都是古代悲涼秋景的代表。而在現代，「楓紅」倒是成了旅人們趨之若鶩的季節美景，能看到滿山紅葉，反而是一種幸福。

我覺得，不一定要滿山豔紅才算美，同時有綠、黃、紅三色漸層的楓林景觀也很漂亮。不過，直到前一陣子，我在阿福的提醒下，才注意到原來春天樹林的顏色也有很多層次，是由鮮紅的新葉、翠綠的嫩葉、深綠的老葉交織而成，與夏天時純然的綠是不一樣的，下個春天來臨時，我要仔細欣賞一番。

臺灣的緯度比中原地區低，接下來才正要進入賞楓季節。另外，樹葉同樣會變色的落羽松，在這幾年也成為旅人的新寵。我們家最近在討論家族旅遊的事，或許到森林風景區欣賞紅葉，是不錯的安排。

真希・十二月

48 青玉案 梵宮百尺同雲護

李煜

梵宮百尺同雲護，漸白滿蒼苔路。
破臘梅花李蚤露。
銀濤無際，玉山萬里，寒罩江南樹。
鴉啼影亂天將暮，海月纖痕映煙霧。
修竹低垂孤鶴舞。
楊花風弄，鵝毛天剪，總是詩人誤。

【注釋】

一行【**梵宮**：佛寺。／**百尺**：比喻很高、很長。／**同雲**：同樣的雲，指陰雲。／**漸白滿**：指白雪逐漸鋪滿。／**蒼苔**：深青色的苔蘚。

二行【**破臘**：殘臘；歲末。農曆十二月為臘月。／**李**：指紅梅覆蓋雪，就像是李花。／**蚤**：早。

三行【**銀濤**：指雪地。／**玉山**：被雪覆蓋，如白玉般的山。

四行【**暮**：傍晚、黃昏。／**海月**：從海上升起的月亮。／**纖痕**：細痕。

五行【**修竹**：修長的竹子。／**孤鶴舞**：如孤鶴起舞。引用前人將雪比喻為鶴的手法。

六行【**楊花**：指前人將雪比喻為楊花（柳絮）一事。／**鵝毛**：指前人將雪比喻為鵝毛一事。

＊賞讀譯文請見二四〇頁

真希：

謝謝妳和大家的陪伴。在上次的旅遊體驗行程後，我本來以為沒機會再跟大家見面的，沒想到這次竟然能在平日的白天聚在一起，真的很謝謝妳和杏娟特地請假，意瑄和佳泰也排開工作前來，還有阿福和小萍準備的特製料理。（雖然我本想低調的……）

這次，沒有兒女在身邊，而是被朋友圍繞著，感覺就像回到學生時代，雖然年齡多了一歲，心境卻反而變年輕了。不過，老實說，我很想跟兒女一起共享這些時光。當了媽媽之後，果然心心念念都是兒女們的事。

我到臺北找妳之後，隔天也到南部去晃了一天。雖然我心中沒有下什麼明確的決定，但放空之後，卻有鬆了一口氣的感覺。也許這就是旅行吸引人的地方吧。離開熟悉的地方，暫時擺脫日常生活，到外頭晃一圈後，就像按下「reset」鍵似的，能以全新的眼光來看待這一切。

不過，我有點好奇一件事。妳和佳泰之間發生了什麼事嗎？我怎麼覺得妳對他似乎沒有之前那樣熱絡？

這次，我選讀李煜的〈青玉案〉，是很符合冬季賞讀的詠雪詩。上片描寫由近到遠的山林雪景，下片則描寫傍晚天色變化時的景色，同時帶入了鶴、楊花、鵝毛等前人常用來比喻白雪的手法。既有視覺上的層次，還順便讓人上了一堂詩詞歷史課，十分有趣。

明晴．十二月

49 浣溪沙

春暮黃鶯下砌前

毛熙震

春暮黃鶯下砌前，水晶簾影露珠懸。
綺霞低映晚晴天。
弱柳萬條垂翠帶，殘紅滿地碎香鈿。
蕙風飄蕩散輕煙。

毛熙震
曾任後蜀秘書監

【注釋】

一行—**砌**：臺階。／**露珠**：指水晶如露珠。

二行—**綺霞**：美麗的彩霞。

三行—**垂翠帶**：指柳條下垂如青翠的帶子。／**殘紅**：落花。／**鈿**：用金銀珠寶鑲製成的花形飾物。

四行—**蕙風**：香風，多指暖和的春風。蕙是一種香草。／**輕煙**：輕淡的煙霧。

*賞讀譯文請見二四一頁

明晴：

我可是依妳說的盡量低調，沒有特別邀大家來辦派對，但大家聽到消息後都主動說要過來，我沒有強迫他們喔。

至於我和佳泰之間，並沒有發生什麼具體的事件，只是我最近發覺自己似乎有點在意佳泰，也很明白他是我欣賞的類型，心裡想跟他保持一點距離，但在互動上應該是一如往常，沒有對他特別冷漠吧？（我有嗎？）

我想，妳大概會問我這麼做的原因吧？那是因為最近的我不想再跟愛情扯上關係了。在我發現到自己的心情變化後，就覺得既然我能徹底放下牽掛了六、七年的亞翔，那麼要忘記這份連萌芽都不算的心意，應該也很容易。我想要退到一旁，讓這份情愫自動散去。雖然我並不是斬釘截鐵地抱定單身主義，但現在也沒有追求愛情的渴望了。

這次，我選讀的毛熙震〈浣溪沙〉，詞中描寫暮春時依然美麗卻顯得柔弱無力的景色。突然覺得，我對愛情的態度，就像詞人眼中的暮春，美則美矣，但其間的生機卻已然到盡頭了。

真希・十二月

50 臨江仙

洞庭波浪颭晴天

牛希濟

洞庭波浪颭晴天，君山一點凝煙。
此中真境屬神仙。
玉樓珠殿，相映月輪邊。

萬里平湖秋色冷，星晨垂影參然。
橘林霜重更紅鮮。
羅浮山下，有路暗相連。

牛希濟（約925年前後在世）
牛嶠的侄子。曾於前蜀任起居郎、翰林學士、御史中丞等職，之後隨前蜀主降於後唐，曾任雍州節度副使。

注釋

一行—颭：搖動。音同「展」。／君山：位在洞庭湖中，又名洞庭山、湘山。娥皇、女英葬於此處，俗稱「二妃墓」。
二行—真境：道教之地。亦指仙境。
三行—玉樓珠殿：華麗的樓閣，飾以珠玉的宮殿，指君山上的湘妃祠。／月輪：圓月。
四行—參然：參差不齊。
六行—羅浮山：仙山名，在廣東省境內。

*賞讀譯文請見二四一頁

真希：

老實說，前一陣子妳很常在信裡提到佳泰時，我就暗自期待妳和他能有更進一步的發展。當時，我不想多嘴詢問妳這個可能性，不過這次卻忍不住想觀察你們的互動，才會讓我發現異狀。我不知道其他人有沒有注意到，但從表面上看來，你們還是交情不錯的朋友。

雖然我很想勸妳不妨主動追求他，畢竟能遇到喜歡的人，不是件容易的事。但以妳現在的狀況，或許比較適合再觀望一陣子。

這次，我選讀牛希濟〈臨江仙〉系列的其中一首。這一系列多為透過實景詠頌江濱神女傳說的詞作，而我選讀的這首是以洞庭湖的神仙傳說為背景，源自晉代王嘉所著的《拾遺記》：「其山又有靈洞，入中常如有燭於前。中有異香芬馥，泉石明朗。採藥石之人入中，如行十里，迥然天清霞耀，花芳柳暗，丹樓瓊宇，宮觀異常。乃見眾女，霓裳冰顏，艷質與世人殊別。」

這首詞中將洞庭湖的秋景與傳說的神祕感融為一體，上片聚焦在湖中君山的日夜景觀，下片則拉遠看整座洞庭湖與星空、湖畔樹林相襯的景色。如此美麗的環境，若真有仙人居住於此，實在一點也不令人覺得奇怪。

明晴・十二月

51 河傳 紅杏

張泌

紅杏，交枝相映，密密濛濛。
一庭濃豔倚東風。香融，透簾櫳。
斜陽似共春光語，蝶爭舞，更引流鶯妒。
魂銷千片玉尊前，神仙，瑤池醉暮天。

張泌
一說為唐末進士，唐亡後曾長時間滯留長安。一說為「張佖」，於南唐時，曾任監察御史、內史舍人等職，降宋後，官終右諫議大夫史館修撰。

注釋

一行—**密密**：濃密；稠密。／**濛濛**：指花朵紛雜。
二行—**濃豔**：指繁盛的杏花。／**香融**：香氣融入風中。／**簾櫳**：窗戶上的竹簾。
三行—**流鶯**：四處飛翔的鶯鳥。
四行—**魂銷**：形容極度悲傷或歡樂，好像魂魄離開形體而消失。／**玉尊**：玉製酒杯。／**瑤池**：仙界的天池，傳說中西王母所居處，泛指神仙居住的地方。／**暮天**：傍晚的天空。

*賞讀譯文請見二四二頁

明晴：

我們家的家族旅遊在前幾天圓滿結束了，每個人都玩得很開心，還計畫以後每年都要一起出來玩一趟。我覺得過程中最珍貴的，是看到爸媽含飴弄孫時露出的滿足笑容，這對他們來說，是人生一大成就吧。

雖然這次的旅行時間錯過了最佳的賞楓期，卻正逢梅花盛開時，用這首張泌的〈河傳〉來形容賞梅花的情景，十分貼切：「交枝相映，密密濛濛。一庭濃豔倚東風……」（雖然花朵的顏色不一樣。）心中的喜悅感受也類似詞中所說：「魂銷千片玉尊前，神仙，瑤池醉暮天。」唯一讓我覺得有點突兀的是：「蝶爭舞，更引流鶯妒。」意思是指流鶯羨慕蝴蝶成雙成對？或是羨慕蝴蝶可近距離親近杏花呢？或者只是想表現蝴蝶與鶯鳥飛舞的動態感呢？

我們家為了避免浪費太多時間在搭車跑景點上，特別找了園區廣大的農場，定點一泊三食。沒想到，我竟然又在園區裡遇到佳泰，他也正好陪家人來此出遊。白天遇到時，我們沒有多聊。到了晚上時，因為跟我同房的爸媽比較早睡，我便到外面走走，結果又再度遇到佳泰，便稍微聊了一下。他說，他很喜歡我的漫畫，又說，他發現「真希」的日文讀音是「maki」，以後就叫我「瑪奇朵」好了。

要是年少時的我，一定會覺得這些巧遇似乎暗示著我倆有在一起的緣分，進而開始對這份戀情有所期待。不過，對三十多歲的我來說，比較想淡化這份巧合，定義這只是偶然的短暫交會。

真希・一月

52 河傳　曲檻

顧夐

曲檻，春晚，碧流紋細，綠楊絲軟。
露花鮮，杏枝繁，鶯囀，野蕪平似剪。
直是人間到天上，堪遊賞，醉眼疑屏障。
對池塘，惜韶光，斷腸，為花須盡狂。

顧夐（約928年前後在世）曾在前蜀任茂州刺史，後蜀任太尉等職。

—注釋—

一行—**曲檻**：彎曲的欄杆。／**碧流**：綠水。／**絲**：指楊樹的枝條。

二行—**露花**：帶著露珠的花朵。／**鶯囀**：黃鶯婉轉而鳴。／**野蕪**：野外叢生的草。

三行—**直**：竟然、居然。／**堪**：可以、能夠。／**屏障**：屏風。

四行—**韶光**：美好的時光。／**斷腸**：比喻極度悲傷。／**狂**：狂放，狂妄放蕩，任性而為。

*賞讀譯文請見二四二頁

真希：

妳有靜下心來想過，自己為什麼要淡化這份感情嗎？是因為還不太確定自己的心意？認為沒有希望而不敢期待？或是害怕再次失敗而拒絕觸碰愛情呢？妳在決定要怎麼做之前，也許可以先想像一下十年後的自己會不會感到後悔，然後選那一條在自己所知的範圍內不會後悔的路吧。

這次，我選讀顧敻的〈河傳〉，它和張泌的〈河傳（紅杏）〉（一一六頁）一樣，都提到了杏花和鶯，也有此景美如天上仙境的讚歎。不同的是，它多了明確的態度：「惜韶光」、「為花須盡狂」。我覺得，人生在世，並非每件事都有注定好的結局；就算真有所謂的命中注定，說不定是依我們的選擇而有兩、三種結局在等著。有時，某些人事物一旦錯過了，就沒有挽回的機會，所以，坦誠面對當下的自己，往往都是最好的方式。（突然發現我的表達方式愈來愈委婉了，果真是年紀大了的關係嗎？）

最近，我的兩個孩子開始學習溜直排輪了。我的小兒子在公園裡看到其他人在溜，就興致勃勃地吵著要學。我們覺得這能讓精力旺盛的他有活動可以消耗體力，還能順便養成運動習慣，便答應他了。後來，我們又想讓大女兒去學一學也不錯，而她也不排斥，就讓他們倆結伴去上課了。

雖然我支持性別平等，也不會對男女的職涯志向發展抱持偏見，卻不得不承認男孩、女孩在生理及心智的發展上的確有差異，我們家就是活生生的女兒文靜穩重、兒子活潑好動的情況。

明晴・一月

53 卜算子

江楓漸老

柳永

江楓漸老，汀蕙半凋，滿目敗紅衰翠。
楚客登臨，正是暮秋天氣。
引疏砧斷續殘陽裏。
對晚景，傷懷念遠，新愁舊恨相繼。
脈脈人千里。念兩處風情，萬重煙水。
雨歇天高，望斷翠峰十二。
盡無言，誰會憑高意。
縱寫得離腸萬種，奈歸雲誰寄。

柳永（約984～1053）

原名三變，字景莊，後改名永，字耆卿。因排行第七，又稱柳七。出身官宦世家，早年沉醉聽歌買笑生活，多次參加科舉不中。年近半百中進士，曾任睦州團練推官、余杭縣令、曉峰鹽鹼、泗州判官、屯田員外郎等職。為婉約派代表人物之一。

注釋

一行—**江楓**：江邊的楓樹。／**汀蕙**：沙洲上的蕙草。

二行—**楚客**：自比為戰國時代楚國辭賦作家宋玉，他在〈九辯〉裡寫了「悲哉！秋之為氣也。蕭瑟兮，草木搖落而變衰。憭慄兮，若在遠行。登山臨水兮，送將歸。」有遲暮悲愁、羈旅失志之意。／**登臨**：登高望遠。

三行—**疏砧**：斷斷續續的擣衣聲。砧為擣衣石，代指擣衣聲。擣衣是指用杵捶打生絲，使其柔白富彈性，能裁成衣物；古代婦女在秋涼時節常為了幫親人趕製冬衣而擣衣。／**殘陽**：夕陽餘暉。

五行—**脈脈**：含情，藏在內心的感情。／**煙水**：煙霧瀰漫的水面。

六行—**望斷**：放眼遠望，直到看不見為止。／**翠峰十二**：指巫山十二峰。

七行—**誰會**：誰能理解。／**憑高**：登上高處。

八行—**歸雲**：指歸心，或行蹤飄忽的神女。

*賞讀譯文請見二四三頁

明晴：

妳說的那幾種心情，我都有。在經歷幾段感情後，實在很難不假思索地再愛上一個人。我好不容易才放下對亞翔的掛念，內心真正獲得自由解放的時間才一年多。這些日子以來，雖然偶爾會有一陣落寞襲來，但無牽無掛地享受單身生活，有另一種自在輕盈感。

老實說，這幾天我剛收到弘宇傳來的簡訊，說他和若婷即將結婚的消息。他說，雖然沒必要特別跟我說這件事，但他就是想要親自通知我。或許，他明白我很好奇他們倆的結局吧。

在回訊息恭喜他的同時，我也在思考自己渴望什麼樣的人生，我羨慕他們倆嗎？我想，有個相知相依的伴侶固然很好，但能隨心所欲地任性度日也很棒。我不想特別追求什麼，只想順其自然地過下去，大概是那種「得之我幸，不得我命」的心態，怎麼樣都甘願，完全不想自己主動做決定。

這次，我選讀柳永的〈卜算子〉，上片充滿了暮秋時節萬物衰敗凋零的悲愴，下片則是滿懷思念無處寄的傷感。我現在面對愛情的態度，並沒有如詞中這麼淒涼，反倒是異常平靜。該不會是年紀到了，所以看破人生了呢？

真希・一月

54 西平樂

盡日憑高目

柳永

盡日憑高目，脈脈春情緒。
嘉景清明漸近，時節輕寒乍暖，天氣纔晴又雨。
煙光淡蕩，妝點平蕪遠樹。
黯凝佇，臺榭好，鶯燕語。

正是和風麗日，幾許繁紅嫩綠，雅稱嬉遊去，
奈阻隔尋芳伴侶。
秦樓鳳吹，楚館雲約，空悵望在何處。
寂寞韶華暗度，可堪向晚，村落聲聲杜宇。

【注釋】

一行【**盡日**：整日。／**憑高**：登上高處。／**目**：眺望。／**脈脈**：含情，藏在內心的感情。

二行【**嘉景**：美好的景色。／**纔**：通「才」。／**清明**：清明節。

三行【**煙光**：雲靄霧氣。／**淡蕩**：舒緩恬靜。／**平蕪**：雜草繁茂的平原。

四行【**黯**：頹喪感傷。／**凝佇**：凝神佇立。／**臺榭**：「臺」是高而平的方形建築物，「榭」是臺上有屋，泛指樓臺等建築物。

五行【**和風麗日**：微風和煦，陽光明亮。／**幾許**：多少。／**雅**：很、甚。／**稱**：相稱。

六行【**尋芳**：出遊賞花。

七行【**秦樓**、**楚館**：指尋歡作樂的場所，多指妓院。／**鳳吹**：指笙、簫等樂器。／**雲**：指多。／**空**：徒然。／**悵望**：情緒惆悵落寞而有所想望。

八行【**韶華**：美好的時光。／**暗度**：不知不覺地過去。／**可堪**：那堪，怎堪；怎能受得了。／**向晚**：傍晚。／**杜宇**：指杜鵑鳥，初夏時常晝夜不停啼叫，叫聲類似「不如歸去」。相傳為商周至春秋時代之間的古蜀君主杜宇之魂所化，又叫子規、鶗鴃、啼鴃、鵜鴃。

*賞讀譯文請見二四四頁

真希：

最近，我跟我姊聊起過了三十五歲之後的心情。我姊說，我們現在還算是女性的青春年華，自覺「老」實在太早了。等過了四十歲，生育能力幾乎等於零時，會讓人更加質疑自己的女性特質和價值。當然，更年期之後的事就更不用說了。所以，要好好把握被視為「女人」的最後幾年，等過了四十歲之後，就會逐漸傾向「中性」了。我姊說的，主要是指對異性的吸引力，畢竟不管幾歲的男人都喜歡二、三十歲的年輕女人。

不過，這番話反倒讓我想起那些年過四十仍然充滿魅力、找到真愛，或是成功轉換職場跑道的例子，便決定要忘了「年齡」這件事。以後，乾脆就在生日蛋糕上插問號蠟燭好了。就像很多人說的，只要懷有赤子之心，就能永遠保持年輕。我們一起共勉吧！（好吧，這結語是有點老套，卻是真話。）

這次，我選讀柳永的〈西平樂〉。這首詞的情境，跟我們賞讀過的許多花園主題詩詞很相似，都是形單影隻地凝望適合賞遊的美麗春景，感嘆昔日友伴或情人不在身邊、往日歡樂不再有的落寞心情。或許感嘆的心情在所難免，那麼就在發洩過後，重振精神享受當下吧。

明晴·一月

55 畫堂春

外湖蓮子長參差

張先

外湖蓮子長參差，霽山青處鷗飛。
水天溶漾畫橈遲，人影鑑中移。
桃葉淺聲雙唱，杏紅深色輕衣。
小荷障面避斜暉，分得翠陰歸。

張先（990～1078）

字子野。曾任嘉禾判官、通判、渝州屯田員外郎等職，以尚書都官郎中辭官退休。

注釋

一行｜**外湖**：另有版本為「外潮」。／**參差**：高低不齊。／**霽山**：雨後放晴的山色。

二行｜**溶漾**：水波蕩漾。／**橈**：船槳，代指船。／**遲**：緩行。／**鑑**：鏡子，指湖面。

三行｜**桃葉**：歌曲名。東晉王獻之曾為愛妾桃葉作〈桃葉歌〉，其中一首為：「桃葉復桃葉。渡江不用楫。但渡無所苦。我自迎接汝。」／**淺聲**：輕婉的歌聲。／**輕衣**：輕薄的夏裝。

四行｜**障面**：遮臉。／**斜暉**：傍晚西斜的陽光。／**翠**：指綠荷。／**陰**：陰涼。

*賞讀譯文請見二四五頁

明晴：

妳在信中的語氣真的越來越溫柔了，我覺得這一定跟「年紀」大有關係，呵呵。人真的很有趣。記得在青春期時，大家一心一意地想裝成熟，而過了三十歲之後，就開始想裝年輕，除了二十多歲的這十年外，幾乎都不肯活在當下的年紀。但其實，我還滿喜歡隨著年紀而成長的自己，因為能夠逐漸看清世事變化，不再覺得迷惘，日子過起來輕鬆很多。

這次，我選讀張先的〈畫堂春〉，他所描寫的遊湖景色如此悠然愜意，就跟我現在看待生活的感覺很相似，平靜無波瀾又帶點小趣味。但是，如此這般地過久了之後，日子會不會變得索然乏味呢？我也有點擔心。

最近，為了增加生活裡的變化，（嗯，另一個原因是想跟佳泰保持一點距離。）週末時我不再和杏娟、意瑄一起去Signac Café喝咖啡、看風景，而是去逛逛新興起的街區，還有很久沒去逛的鬧區，看看時下正在流行什麼、有哪些有趣的新玩意，有時也會正巧遇到適合畫進漫畫裡的小故事。

不過，這次的春節假期，我們還是會搭佳泰的順風車回家（因為搶訂車票真的好累……）。我預計待到初五再回臺北，若有空去找妳，再跟妳約嘍。

真希・二月

56 滿江紅

飄盡寒梅

張先

飄盡寒梅，笑粉蝶遊蜂未覺。
漸迤邐水明山秀，暖生簾幕。
過雨小桃紅未透，舞煙新柳青猶弱。
記畫橋深處水邊亭，曾偷約。

多少恨，今猶昨。愁和悶，都忘卻。
拚從前爛醉，被花迷著。
晴鴿試鈴風力軟，雛鶯弄舌春寒薄。
但只愁錦繡鬧妝時，東風惡。

【注釋】

一行—**盡**：完畢。／**寒梅**：梅花。因其凌寒開放，故有此稱。／**粉蝶**：蝴蝶。因蝶身帶粉，故有此名。／**遊蜂**：飛來飛去的蜜蜂。

二行—**迤邐**：曲折連綿，此處指慢慢地。／**水明山秀**：指風景優美。

三行—**過雨**：浴雨。／**弱**：柔弱。

四行—**畫橋**：雕飾華麗的橋梁。

六行—**拚**：捨棄。／**花**：指戀人。

七行—**鴿鈴**：即鴿哨，繫縫在鴿尾羽毛上的哨子，有多種款式和音色，鴿群飛翔時會因受風角度而有不同聲響變化。／**雛鶯**：幼鶯。

八行—**錦繡**：花紋色彩鮮豔精美的絲織品。／**鬧妝**：有金銀珠寶為裝飾的腰帶或鞍、轡。／**東風惡**：指破壞愛情的邪惡勢力。

*賞讀譯文請見二四五頁

真希：

可惜在這次的春節假期中，我們一直錯過，沒機會碰到面。要不然，我還滿想追問妳和佳泰在車上獨處時的心情。回臺北時，妳也是坐他的車嗎？你們倆有沒有什麼進展呢？（我好奇的事，就問到這裡，不再囉嗦了。）

今年過年時，我們翻出了小時候的照片來看，發現父母真的變老許多。目前，他們的身體還算硬朗，沒有什麼需要每天吃藥控制的慢性病。他們為了自己的健康，也會每天早上到國小去走操場、跳元極舞之類的。不過，我還是找了一些拍打、按摩、伸展操之類的養生法給他們參考，這樣的話，就算是下雨天、天氣寒冷時，還是能在家裡動一動。

這次，我選讀張先的〈滿江紅〉。上片藉由描寫初春景色來比喻戀情的美好狀態，「過雨小桃紅未透，舞煙新柳青猶弱」不僅指景色，也是對愛戀女子的形容。下片描寫戀情已逝，但自己仍沉浸在美好往事裡，懷念她的輕柔歌聲：「晴鴿試鈴風力軟，雛鶯弄舌春寒薄。」同時還對戀情抱著一絲希望，用了「但只愁」，只是擔憂，而非事已成定局。真是癡情。

明晴・二月

57 採桑子 三首

歐陽脩

・其一

春深雨過西湖好，百卉爭妍，蝶亂蜂喧，晴日催花暖欲然。

蘭橈畫舸悠悠去，疑是神仙。返照波間，水闊風高颺管絃。

・其二

群芳過後西湖好，狼藉殘紅，飛絮濛濛，垂柳闌干盡日風。

笙歌散盡遊人去，始覺春空，垂下簾櫳，雙燕歸來細雨中。

・其三

殘霞夕照西湖好，花塢蘋汀，十頃波平，野岸無人舟自橫。

西南月上浮雲散，軒檻涼生，蓮芰香清，水面風來酒面醒。

歐陽脩（1007～1072）

字永叔，號醉翁、六一居士。曾任滁州、揚州、潁州等地太守，以及翰林學士、參知政事、兵部尚書、太子少師等職。唐宋八大家之一。

注釋

一之一行**春深**：春意濃郁。／**西湖**：指潁州西湖，在今安徽省阜陽市。／**百卉**：各種花草。／**爭妍**：爭相展現美麗的姿態。／**然**：燃燒。

一之二行**蘭橈**：以木蘭樹製成的船槳，代指船。／**畫舸**：畫船。舸為大船。／**悠悠**：閒適的樣子。／**返照**：落日反射。／**風高**：風大。／**颺**：高飛。

二之一行**群芳**：百花。／**狼藉**：凌亂不堪。／**殘紅**：落花。／**闌干**：縱橫散亂的樣子。／**盡日**：一整天。／**風**：隨風飄動。

二之二行**簾櫳**：窗簾和窗檽，泛指門窗的簾子。

三之一行**殘霞**：殘餘的晚霞。／**夕照**：黃昏時的陽光。／**花塢**：四周高起中間凹下的花圃。／**蘋汀**：遍布蘋草的水中洲地。蘋，一種在夏秋開小白花的水生植物。／**十頃**：指面積廣大。／**野岸**：野外水流的岸邊。

三之二行**浮雲**：天空中飄浮的雲。／**軒檻**：涼亭。／**蓮芰**：蓮花。／**酒面**：醉臉。

＊賞讀譯文請見二四六頁

明晴：

其實我和佳泰的相處，一直都很平常，沒有發生什麼特別的事。因為我對這段感情並不抱任何期待，所以能夠以平常心和他應對吧。

我覺得，愛情最令人難受的地方，就是那種想要獨占某人的心情。如果愛上某人時，能夠不求回報地、充滿關愛地在一旁祝福對方，才是最美的愛情吧？不過，你千萬別誤會了，現在的我還沒有深陷其中，只是在思考愛情為何物而已。

這次，我選讀歐陽脩的〈採桑子〉。詞人在宋仁宗皇祐元年（一〇四九年）曾知潁州，相當喜歡這個地方，而在宋神宗熙寧四年（一〇七一年）告老辭官後，便隱居潁州，經常到西湖遊玩，一共創作了十首〈採桑子〉，我挑選其中三首較有畫面感的詞作來賞讀。這三首洋溢著喜悅之情，無論西湖的景觀如何變化，在詞人眼中就是一個「好」字。對應到人生，應該就是「隨遇而安」或是更積極的「隨遇而喜」的態度吧。

不過，最能展現詞人心思的，其實是這系列的最後一首：「平生為愛西湖好，來擁朱輪，富貴浮雲，俯仰流年二十春。／歸來恰似遼東鶴，城郭人民，觸目皆新，誰識當年舊主人。」充滿了對世事變化的感慨。

真希・二月

58 御街行

街南綠樹春饒絮

晏幾道

街南綠樹春饒絮，雪滿游春路。
樹頭花豔雜嬌雲，樹底人家朱戶。
北樓閑上，疏簾高卷，直見街南樹。

闌干倚盡猶慵去。幾度黃昏雨。
晚春盤馬踏青苔，曾傍綠陰深駐。
落花猶在，香屏空掩，人面知何處。

晏幾道（約 1031 ～ 1106）字叔原，號小山，為晏殊之子。曾任潁昌府許田鎮監、開封府推官等職。晚年家道中落。為婉約派代表。

【注釋】

一行—**饒**：充滿，多。／**雪**：指白色的柳絮。

二行—**嬌雲**：彩雲。／**人家**：指所戀之人。／**朱戶**：朱紅色門戶，指富貴人家。

三行—**閑**：通「閒」。／**北樓**：街道北邊的樓臺。／**疏簾**：稀疏的竹織窗簾。

四行—**闌干**：即欄杆。／**倚盡**：指倚靠很久。／**慵去**：懶得離去。

五行—**盤馬**：騎馬馳騁盤旋。

六行—**香屏**：華美的屏風。／**人面**：指所愛之人。化用自唐代崔護的〈題都城南莊〉：「人面不知何處去，桃花依舊笑春風。」

＊賞讀譯文請見二四七頁

真希：

這次，我選讀晏幾道的〈御街行〉，上片描寫在柳絮飄揚的季節裡，對朱戶中人的深情凝望，下片則描寫倚著欄杆守候多時，又騎馬盤旋在樹下等待，卻始終見不到意中人。同樣是單戀，詞中人充滿了對愛的渴求，妳卻能淡然處之。

或許真如妳所說的，妳還沒有喜歡他到無可自拔的程度，但有沒有可能是妳故意叫自己視而不見呢？如果妳真的不在乎結果，那麼就直接告白也無妨吧？反正妳都做了最壞的打算了，不是嗎？無論什麼事，最好的處理方法永遠是坦誠面對，而非躲藏逃避。

春天就快來了，妳的生日也快到了。先祝妳生日快樂！跟我一起好好享受三十五歲的人生吧。

話說，這麼一算，我兒子再過一個月就滿四歲，而我們通信賞讀詩詞也要邁入第六年，若我們能再持續一年，就超越「國小六年級」了。我們能持續多久呢？要是能突破十年就好了，若能持續到終老更好。不過，古典詩詞的數量何其多，以我們這樣的速度，即使用盡一輩子的時間，也賞讀不完所有的詩詞，還是繼續依主題跨時代選讀，先讀有緣詩詞吧。

明晴・二月

59 江城子・湖上與張先同賦

蘇軾

鳳凰山下雨初晴。水風清，晚霞明。
一朵芙蕖，開過尚盈盈。
何處飛來雙白鷺，如有意，慕娉婷。
忽聞江上弄哀箏。苦含情，遣誰聽。
煙斂雲收，依約是湘靈。
欲待曲終尋問取，人不見，數峰青。

蘇軾（1036～1101）
字子瞻、和仲，號東坡居士。蘇洵長子。登進士第後，曾任中書舍人、翰林學士、禮部尚書等職；夾在新舊兩黨間，曾多次被貶至地方。詩、詞、賦、散文、書法和繪畫皆擅長。為唐宋八大家之一。

注釋

一行 **鳳凰山**：位在杭州。
二行 **芙蕖**：荷花，指彈箏女子。／**盈盈**：輕巧美好的樣子，指彈箏女子。
三行 **白鷺**：暗指愛慕彈箏女子的人。／**娉婷**：形容女子的容貌或體態輕巧美好，代指美女。
四行 **弄**：彈奏。／**哀箏**：悲涼的箏聲。
五行 **斂**：聚集。／**雲收**：雲消散。／**依約**：依稀隱約。／**湘靈**：古代傳說中的湘水之神。此處用來形容彈箏女子。
六行 **取**：語助詞。／化用自唐代錢起的〈省試湘靈鼓瑟〉：「曲終人不見，江上數峰青。」

＊賞讀譯文請見二四七頁

明晴：

這首蘇軾的〈江城子・湖上與張先同賦〉讀起來很有畫面感，實際上卻是詞人暗嘲同行友人之作。當時，蘇軾、張先和其他友人同遊西湖，其中有兩位被鄰船上彈箏女子的美貌所吸引，看得目不轉睛，直到該船逐漸遠去為止。像這樣的畫面，在現今的廣告、電視劇及電影中很常見，似乎不足為奇，而詞人卻特別寫作此詞，是因為時代差異，或只是玩笑之作呢？有資料提到，那兩位友人正在守孝，或許這是關鍵原因吧。

上週，我被杏娟和意瑄藉故帶到 Signac Café，結果是他們為我安排了生日驚喜派對，真是讓我受寵若驚。佳泰也出席了派對，提到他已經完成寫作計畫，也找到願意出版的出版社，大家說等新書出版後，要再舉辦一次派對。不知道為什麼，看著佳泰，我突然冒出一種「好喜歡佳泰」的感覺，還忍不住暗自流下淚來。為什麼會流淚呢？或許有一半的原因是發現自己的心還沒有死，還能愛上一個人，而感到欣喜吧。

後來，我突然頭痛了起來，忍不住用手撐著頭。佳泰發現我的異狀，便摸摸我的額頭，說我應該是衣服穿太少，受寒了，就把他的外套披在我身上。我很高興他這麼關心我，但我想這應該只是普通朋友間的關心。

真希・三月

60 蝶戀花

簌簌無風花自墮

蘇軾

簌簌無風花自墮，
寂寞園林，柳老櫻桃過。
落日有情還照坐，山青一點橫雲破。
路盡河回人轉柂，
繫纜漁村，月暗孤燈火。
憑杖飛魂招楚些，我思君處君思我。

【注釋】

一行—**簌簌**：花落的聲音。／**墮**：向下墜落。

二行—**寂寞**：寂靜。／**櫻桃過**：櫻桃花開的季節已過。

三行—**還照坐**：還照在座位上。

四行—**回**：調轉。／**柂**：同「舵」。

五行—**繫纜**：繫結船繩，指泊舟。

六行—**憑仗**：依靠、倚仗。／**憑仗飛魂招楚些**：為「憑仗楚些招飛魂」的倒裝，指像《楚辭・招魂》召喚屈原那般，召喚離去的友人。因〈招魂〉的句末多用「些」，「些」代表禁咒之意，之後便用「楚些」泛指楚地的樂調。

*賞讀譯文請見二四八頁

真希：

很高興妳沒有封閉自己的心，也願意面對自己真實的心情。那接下來呢？妳打算怎麼做呢？我猜，妳還是不會貿然採取什麼行動吧？雖然有些事物一旦錯過就消失了，但太過緊張地要抓住什麼也不太好。我姊總是說，要在最平靜的心情下做決定，如果是出於著急或不安，往往會讓人做出錯誤的判斷。不過，有很多故事的劇情都是讓主角在情急之下說出真心話，這樣好像也不錯。

這次，我選讀蘇軾的〈蝶戀花〉，它在明末藏書家毛晉的刻本中有「暮春別李公擇」的題名。蘇軾創作此詞的背景，是他因為政見與王安石相左而自請出京任職，在地方擔任知州。李公擇（李常，字公擇）也因為反對王安石的政策而被貶至外地。兩人不僅交情好，遭遇也很類似。上片描寫的暮春景致，似乎暗喻著兩人的處境，而「落日有情」代表兩人的情誼，「山青一點」則展現兩人的堅定態度。下片描寫兩人別離後的孤單處境，但心意卻是相通的。其中，我最喜歡的是「落日有情還照坐，山青一點橫雲破」的畫面感。

對了，妳上次選讀的〈江城子・湖上與張先同賦〉（一三三頁）裡提到了彈箏女子，恰巧我女兒最近在學校裡也有上臺演奏古箏，現在的她已經散發些許少女氣質了，彈起古箏來還滿有模有樣的。我覺得，讓孩子透過長期學習及練習而學會一項才藝，真的可以建立孩子的自信心，讓他相信自己擁有學習及進步的能力。

明晴・三月

61 虞美人

芙蓉落盡天涵水

舒亶

芙蓉落盡天涵水，日暮滄波起。
背飛雙燕貼雲寒，獨向小樓東畔倚欄看。
浮生只合樽前老，雪滿長安道。
故人早晚上高臺，寄我江南春色一枝梅。

舒亶（1041～1103）

字通道，號懶堂。曾任臨海尉、監察御史里行、給事中、御史中丞、龍圖閣待制等職。曾因奏書引發紛爭，在神宗時約有十年不為朝廷所用。

【注釋】

一行—**芙蓉**：荷花的別稱。／**天涵水**：指水天相接。／**滄波**：綠波。／**日暮**：傍晚、黃昏。

二行—**背飛雙燕**：相背而飛的燕子，指各奔東西。

三行—**浮生**：人生。／**合**：該。

四行—**故人**：老友。／**寄我江南春色一枝梅**：化用自南北朝陸凱的〈贈范曄〉：「折花逢驛使，寄與隴頭人。江南無所有，聊贈一枝春。」

*賞讀譯文請見二四八頁

明晴：

妳猜對了，我並沒有採取什麼行動的想法。老實說，我最近一直在想，到底那一對對的「伴侶」為什麼會在一起呢？只是因為喜歡的感覺嗎？那種「喜歡」能夠被理性分析嗎？有些人是跟相知相惜的靈魂伴侶在一起，有些人卻是跟互補的人在一起，到底哪一種才算是真正的幸福呢？

以前，我嚮往那種兩人擁有相同夢想或喜好的愛情，以為在這方面有交集，感情才能長久。但我最近仔細觀察了身邊的朋友，發現有很多伴侶都是由個性或職業領域截然不同的兩人所組成的。這樣相處起來會快樂嗎？（回想起來，我和亞翔，或我和弘宇，都在某些方面有所交集。）

現在的妳，怎麼看妳和先生的關係呢？

這次，我選讀舒亶的〈虞美人〉，是一首懷想友人的詩。季節從「芙蓉落盡」的秋日展開，來到「雪滿長安道」的冬季，最後期待友人送來「春色一枝梅」。有些資料裡提到，詞人在最後隱含著「再次受到朝廷重用」的期待，但我比較想從純友誼的角度來解讀：世事變化無端，最適合飲酒度日終老，唯一值得期盼的是兩人之間的深厚情誼。能夠擁有這樣的知音好友，真是幸福呢。

不過，擁有「幾個知心朋友」可以取代「一個相守的伴侶」嗎？

真希・三月

62 倦尋芳

露晞向曉

王雱

露晞向曉，簾幕風輕，小院閒晝。
翠徑鶯來，驚下亂紅鋪繡。
倚危欄，登高榭，海棠著雨胭脂透。
算韶華，又因循過了，清明時候。
倦游燕，風光滿目，好景良辰，誰共攜手。
悵被榆錢，買斷兩眉長皺。
憶得高陽人散後，落花流水還依舊。
這情懷，對東風盡成消瘦。

王雱（1044～1076）
字元澤，王安石之子。曾任旌德尉、太子中允、崇政殿說書、天章閣待制兼侍讀等職。支援王安石變法，致力於佛道思想的探索。

注釋

一行—**晞**：乾。／**向**：臨近、接近。／**曉**：天剛亮的時候。

二行—**下亂紅**：花瓣繽紛落下。／**鋪繡**：如織錦鋪地。

三行—**危欄**：高樓上的欄杆。／**榭**：蓋在臺上的建築物。／**海棠**：薔薇科蘋果屬的落葉喬木。三、四月時開紅色花。與草本植物秋海棠不同。／**著**：接觸、沾。／**胭脂透**：花色變得緋紅，像胭脂浸透每片花瓣。

四行—**韶華**：指春光。／**因循**：輕率；隨隨便便。／**清明**：指清明節。

五行—**游燕**：遊宴；交遊宴飲。／**風光**：風景，景色。／**良辰**：好日子、吉日；好時辰。

六行—**榆錢**：榆筴，形狀似錢，俗稱榆錢。榆錢出現的時間與春天的起迄相近。

七行—**高陽**：高陽酒徒、高陽公子、高陽狂客，皆泛指好飲酒而放蕩不羈的人，出自《史記·酈生列傳》。在此指之前一同遊宴的朋友。

八行—**東風**：春風。／**盡**：全、都。

*賞讀譯文請見二四九頁

真希：

老實說，我偶爾也會突然心生疑惑，「為什麼自己會跟他在一起呢？」會這麼想的原因，並非我們相處不愉快，或是對自己的選擇感到後悔。而是世界上的人那麼多，為什麼我們倆會這麼剛好的相遇、相戀又結婚？我想，最重要的條件，就是「緣分」吧。至於「緣分如何牽繫在一起」則是過於宏大的問題，我無法回答。

在有緣相遇之後，會愛上對方的原因，有可能是對方身上有自己嚮往的人格特質，也就是互補類；或是兩人的步調合拍，相處起來很愉快，也就是相知相惜類。而我覺得「價值觀相近」是讓感情得以長久發展的關鍵。

其實，即便是因物以類聚而在一起的兩個人，也不可能在各方面都完全一樣，只是相似，而非相同。能夠尊重對方是獨立的個人，接納對方性格的所有面向，支持對方的選擇和決定，讓彼此都能活出自己，也很重要。（當然，兩人之間的溝通和交流是必要的，而非完全放任其發展。）

希望我的回答，有為妳解開一部分的疑惑。

這次，我選讀王雱的〈倦尋芳〉，相傳這是為戲而寫的詞，但沒有資料明確提到是哪一部戲。詞中的「高陽」一詞，除了「高陽酒徒」之類的解讀外，也有人認為是化用宋玉〈高唐賦〉的「妾在巫山之陽，高丘之阻」，指男女歡會一事。從情境來看，詞作似乎比較接近纏綿的男女之情，而非友情。不過，前者的用法比後者常見，也與「游燕」（遊宴）一詞有所呼應。不知詞人的真意為何，只能確定這是一首思念某人的詞。

明晴・三月

63 風流子

東風吹碧草　秦觀

東風吹碧草，年華換，行客老滄洲。
見梅吐舊英，柳搖新綠，惱人春色，還上枝頭。
寸心亂，北隨雲黯黯，東逐水悠悠。
斜日半山，暝煙兩岸，數聲橫笛，一葉扁舟。

青門同攜手，前歡記，渾似夢裏揚州。
誰念斷腸南陌，回首西樓。
算天長地久，有時有盡，奈何綿綿，此恨難休。
擬待倩人說與，生怕人愁。

秦觀（1049～1100）
字太虛、少遊。蘇門四學士之一。曾兩次落第，登進士第後，歷任秘書省正字、國史院編修官等職。新黨執政後，被貶至杭州、處州、郴州等地，最後卒於藤州。為婉約詞派代表。

【注釋】

一行—**東風**：春風。／**年華**：歲月；時光。／**行客**：遠行的人。／**老**：老去。／**滄洲**：濱水的地方，亦指名士隱遁之地。

二行—**吐**：顯露、散放。／**舊英**：與舊時一樣的花。／**新綠**：剛萌發的枝條。

三行—**寸心**：內心。／**黯黯**：昏暗不明。

四行—**半山**：半山腰。／**暝煙**：傍晚的煙霧雲氣。／**一葉**：一艘。／**扁舟**：小船。

五行—**青門**：漢代長安城東南的霸城門俗稱為「青門」，在此代指汴京（今開封市）城門。／**攜**：同「擕」。／**渾似**：非常像；酷似。／**夢裏揚州**：化用自唐代杜牧的〈遣懷〉：「十年一覺揚州夢。」

六行—**斷腸**：比喻極度悲傷。／**南陌**：城南的路，指離別的地方。／**西樓**：指歌伎的居所。

七行—**奈何**：為何。／**盡**：完結，終止。／**綿綿**：形容連續不斷的樣子。／轉化自白居易的長恨歌。

八行—**擬待**：打算。／**倩**：請，求。／**生怕**：只怕、惟恐。

＊賞讀譯文請見二五〇頁

明晴：

看到妳的回答，讓我突然領悟到，不應該那麼僵化地區分每對伴侶的互動模式。人與人之間，總是有些相似之處、互補之處，以及衝突相左之處，每個人適合及想要的互動模式也都不一樣，若搭配起來剛好讓彼此都感到愉快，這份感情就有機會萌芽並成長茁壯。再加上妳說的「相遇的緣分」，這世上才會有這麼多不同的愛情故事吧。不過，我和佳泰之間會展開什麼故事嗎？嗯，我不希望自己懷有期待。

這次，我選讀秦觀〈風流子〉，在東風再度吹起的春天，不為梅花綻放及柳樹發新葉而欣喜，只覺得心頭紛亂，懷念著北方汴京和東方揚州的往事；日暮時分的寂寥呼應著詞人的心境，想對人訴說這綿綿無盡的愁恨，卻怕造成聽者的困擾。而「擬待倩人說與，生怕人愁」這句，讓我突然想起那幾年始終無法對亞翔釋懷的心情——怕親友聽煩了，便不再說。

前幾天，阿福和小萍的小寶寶出生了。我和杏娟、意瑄一起去探望他們，阿福便請佳泰外送店裡的披薩過來，大家一起用餐。餐後，杏娟閒來無事，瀏覽臉書上的訊息，看到亞翔個人製作的動畫短片獲選參加日本某動畫影展的消息，便興奮地告訴大家這件事（她用大學同學稱呼亞翔，而非我的前男友）。之前，佳泰曾巧遇我和亞翔，知道他是我的前男友，竟然當大家的面直接問我：「妳還在乎他嗎？」我有點驚訝，愣了一下才回答：「我很高興他的努力總算得到回報了。」後來，我傳了只有「恭喜」兩個字的訊息給亞翔。我對他，真的只有滿心的恭喜，沒有其他想法了。

真希・四月

64 好事近

春路雨添花

秦觀

春路雨添花，花動一山春色。
行到小溪深處，有黃鸝千百。

飛雲當面化龍蛇，夭矯轉空碧。
醉臥古藤陰下，了不知南北。

—注釋—

二行—黃鸝：黃鶯。

三行—龍蛇：似龍若蛇，指快速移行的雲。／夭矯：飛騰，或屈伸自如。／空碧：淡藍色天空。

四行—古藤：老藤。／了：完全，全然。

*賞讀譯文請見二五一頁

真希：

小萍和小寶寶的情況都好嗎？請幫我問候他們。如果小萍有任何育兒上的問題，又沒有人可以請教的話，隨時歡迎她來問我。

我妹的預產期也快到了，最近我正忙著整理兒子的一些小衣物和用品，要送去給她接收使用。話說我兒子滿四歲了，精力持續旺盛中，還是讓人難以掌控，每天都要帶他到國小去溜幾十圈直排輪，才可能安分一些。大女兒也會跟著溜一下，但不到十圈就覺得無聊，坐在旁邊休息了。

對了，妳傳簡訊給亞翔後，他有回覆什麼嗎？現在，若拿亞翔和佳泰相比，誰在妳心裡的重量比較重呢？若能仔細想想，說不定是看清妳自己心意的好機會。

這次，我選讀秦觀〈好事近〉，據傳這是一首描寫夢境的詞。我很喜歡「春路雨添花，花動一山春色」，腦海中馬上就浮現雨和花一起飄落的畫面，「飛雲當面化龍蛇，夭矯轉空碧」則是白雲在天空上飛騰翻滾，而後消失無蹤，只留下蔚藍天空。如果能做這樣的美夢，醒來後應該會有一整天的好心情吧？

不過，詞人「醉臥古藤陰下，了不知南北」時，所懷的心情是物我兩相忘，抑或借酒澆愁呢？這兩種說法歷來都有人提過，但真相只有詞人自己知道了。

明晴・四月

65

望海潮

梅英疏淡

秦觀

梅英疏淡，冰澌溶洩，東風暗換年華。金谷俊遊，銅駝巷陌，新晴細履平沙。長記誤隨車。正絮翻蝶舞，芳思交加。柳下桃蹊，亂分春色到人家。

西園夜飲鳴笳。有華燈礙月，飛蓋妨花。蘭苑未空，行人漸老，重來是事堪嗟。煙暝酒旗斜。但倚樓極目，時見棲鴉。無奈歸心，暗隨流水到天涯。

【注釋】

一行【**梅英**：梅花。／**疏淡**：稀疏褪色。／**冰澌**：流冰。／**東風**：春風。／**暗換**：不知不覺地更換。

二行【**金谷**：指金谷園，為西晉富人石崇的別墅，遺址位於今洛陽市。／**俊遊**：賢俊之流。／**銅駝**：銅駝街。在今河南省洛陽市，因漢代時路旁設有銅駝夾道而得名，為當時的繁華區域。／**巷陌**：街巷。／**新晴**：剛放晴。／**細履**：輕步慢行。／**平沙**：平坦沙地。

三行【**長記**：永遠記得。／**誤隨車**：誤跟到別家女子的車。／**芳思**：春天勾起的情思。／**交加**：紛多雜亂。

四行【**桃蹊**：桃樹下的小路。

五行【**西園**：指曹操所建的銅雀園。／**笳**：胡笳，西北少數民族的管樂器。／**礙月**：減損月色。／**飛蓋**：蓋指車上的傘狀篷子，飛蓋指往來急駛的車子。

六行【**蘭苑**：美麗的園林。／**行人**：遠行的人。／**重來**：重返、再訪。／**是事**：凡事。／**嗟**：慨嘆。

七行【**煙暝**：煙靄瀰漫的黃昏。／**但**：僅、只。／**極目**：放眼遠望。

*賞讀譯文請見二五一頁

明晴：

亞翔回覆給我的訊息，也只有「謝謝」兩個字。我想，我們對彼此已經完全釋然，只懷有祝福的心了。

至於佳泰，我只想要旁觀就好，不想再更靠近他一步。直到最近，我才發現自己似乎很害怕再踏入愛情裡，不願再一心一意牽掛著某人，或是再次經歷強迫自己要忘記某人的過程。

我不認為自己會那麼幸運，剛好就喜歡上一個也喜歡自己的人；另一方面，我也不想刻意去追求自己喜歡的人，因為我覺得男女間的愛情吸引力是勉強不來的。

最近，佳泰忙著專案的工作，週末都沒去 Signac Café 打工，所以我都會跟杏娟她們一起去那裡坐坐。阿福利用空檔與我們閒聊時，曾提到佳泰似乎在上次的感情創傷後，就一直逃避面對感情。這讓我更加確定，我們之間沒有發展的可能。

這次，我選讀秦觀的〈望海潮〉。它和〈風流子〉（一四〇頁）在季節背景上有些相似之處，如「梅英疏淡」與「見梅吐舊英」；「東風暗換年華」與「東風吹碧草，年華換」，但是否為同時期的作品，我沒有找到可佐證的相關資料。至於〈望海潮〉裡所懷念的地點，是字面上的洛陽景點（金谷園、銅駝巷），還是暗指汴京駙馬都尉王詵的花園等處，則有兩種完全不同的解讀。唯一可確定的是，詞人懷念著過去的美好時光，為自己被遠謫到外地，不知何時可返回的境遇而感傷。

真希·四月

66 青玉案

凌波不過橫塘路

賀鑄

凌波不過橫塘路，但目送，芳塵去。
錦瑟年華誰與度。
月橋花院，瑣窗朱戶，只有春知道。
飛雲冉冉蘅皋暮，彩筆新題斷腸句。
若問閒情都幾許。
一川煙草，滿城風絮，梅子黃時雨。

賀鑄（1052～1125）

字方回。為宋太祖賀皇后族孫。自稱唐代賀知章後裔，以知章居慶湖而自號慶湖遺老。長相奇特，人稱賀鬼頭。曾任右班殿直、泗州及太平州通判、承事郎、奉議郎等，多為下僚之職。耿介豪俠，不附權貴。詞作兼具豪放、婉約二派之長。晚年退居蘇州。

—注釋—

一行—**凌波**：形容女子步履輕盈。／**橫塘**：位在蘇州城外。／**但**：只、惟。／**芳塵**：美人蹤跡。

二行—**錦瑟華年**：指美好的青春年華，化用自唐代李商隱的〈錦瑟〉：「錦瑟無端五十弦，一弦一柱思華年。」

三行—**月橋**：形狀如彎月的橋。／**瑣窗**：有連環鎖鏈般花紋的窗戶。／**朱戶**：朱紅色門戶，指富貴人家。

四行—**冉冉**：緩慢流動。／**蘅皋**：長有香草的水邊高地。／**彩筆**：指華美的文才。源自南朝的官員暨文學家江淹，少時曾夢見有人授他五色彩筆，從此文思敏捷。／**斷腸**：比喻極度悲傷。

五行—**閒情**：此處指男女之情。／**都幾許**：共有多少。

六行—**一川**：一片平川（平坦的地勢），滿地。／**風絮**：隨風飄揚的柳絮。／**梅子黃時雨**：即梅雨季。

＊賞讀譯文請見二五二頁

真希：

妳在上封信提到，「我不認為自己會那麼幸運，剛好就喜歡上一個也喜歡自己的人。」這句話似乎違背了妳所畫的漫畫主題「剛剛好」。為什麼妳不能把這樣的信念，也放在自己的感情上呢？

我不知道佳泰對妳的感覺如何，不過，這世上不是常有「喜歡某人，但自認為不可能，或因為某種誤會，而選擇不告白，卻在多年後才發現對方也喜歡自己」這類錯過有情人的故事嗎？與其在多年後懊悔，不如在自己的心意成熟時告白。大家都是「身經百戰」的成人了，就算告白失敗，也不至於做不成朋友吧。

這次，我選讀賀鑄的〈青玉案〉，此為詞人的經典名作，尤其是「若問閒情都幾許，一川煙草，滿城風絮，梅子黃時雨」中，用後面三句來回答「閒情」的廣度、密度及長度，更讓詞人有「賀梅子」之稱。

不過，這首詞講的到底是真實的思念某位美人的心情，或是將官場比擬為美人，抒發懷才不遇的感慨，歷來專家學者各有不同的看法。而對現代人來說，這「美人」也可能是某個得不到的夢想之化身。我突然想起徐志摩的名言：「得之我幸，不得我命。」一相遇的緣分、擁有的緣分，真的很難捉摸。有時一不小心就錯過，或許就是緣慳吧；有時，怎麼樣就是擺脫不了，也許就是命中注定了。

明晴・四月

67 蝶戀花

幾許傷春春復暮

賀鑄

幾許傷春春復暮，
楊柳清陰，偏凝游絲度。
天際小山桃葉步，白蘋花滿湔裙處。
竟日微吟長短句，
簾影燈昏，心寄胡琴語。
數點雨聲風約住，朦朧淡月雲來去。

注釋

一行**幾許**：多少。／**暮**：晚、將結束的。

二行**清陰**：清涼的樹陰。／**游絲**：蜘蛛游絲，也暗指相思之情。／**度**：通過。

三行**桃葉**：王獻的愛妾名為桃葉，在此代指愛戀之人。／**步**：碼頭，水邊泊船的地方，通「埠」。／**白蘋**：水中浮草，又名「水蘋」。夏末秋初開白色花。／**湔**：清洗、洗刷。

四行**竟日**：整日。／**微吟**：小聲吟詠。／**長短句**：即詞。

六行**約**：掠過。／**淡月**：不太明亮的月亮或月光。

*賞讀譯文請見二五二頁

明晴：

經妳一提，我才注意到自己的盲點。我仔細想了自己會有這種心態的原因，發現我是因為不想落入「有個伴才算幸福」的窠臼，而刻意不對愛情懷抱期待。我會試著對這份感情抱持開放的心態，但我還是不會勇往直前去追愛。至於「告白」與否，也許就看心情和時機吧。

最近，阿福的小孩亮亮已經滿月了，他們夫妻倆在平日會把亮亮帶到 Signac Café。阿福在倉庫兼休息室裡，清出一個空間擺放嬰兒遊戲床，夫妻倆機動調配工作，亮亮睡著時，小萍會到外場幫忙，外場清閒時，阿福就會到裡面逗弄亮亮。至於假日，因為人潮多又忙亂，小萍和亮亮就待在家裡，由阿福和一些工讀生來顧店。阿福說，小萍來店裡幫忙，可以讓 Signac Café 少請一個平日工讀生，還能減少保母費支出，親子相處時間也比較多，對他們來說算是最好的方式了。

對了，我記得妳妹似乎也打算一邊在家接案工作，一邊帶孩子，是嗎？

這次，我選讀賀鑄的〈蝶戀花〉，是一首意境朦朧的傷春懷人詞，感傷著春季又再度來到盡頭，看著遠方充滿回憶的景色，為了傾訴情懷而白日吟詞、夜晚彈琴，最後「數點雨聲風約住，朦朧淡月雲來去」則隱約指出相思愁緒逐漸淡化與遠離。說不定，我對佳泰的感覺也會這樣，只是一時情迷，很快就會淡忘。

真希・五月

68 石州慢

薄雨收寒

賀鑄

薄雨收寒，斜照弄晴，春意空闊。
長亭柳色纔黃，倚馬何人先折。
煙橫水漫，映帶幾點歸鴻，平沙消盡龍荒雪。
猶記出關來，恰如今時節。

將發，畫樓芳酒，紅淚清歌，便成輕別。
回首經年，杳杳音塵都絕。
欲知方寸，共有幾許新愁。芭蕉不展丁香結。
憔悴一天涯，兩厭厭風月。

【注釋】

一行—**薄雨**：小雨。／**弄晴**：指乍晴還雨。／**空闊**：廣闊。

二行—**長亭**：古代約每十里設一個休憩亭，稱為長亭，通常是送別的地方。／**纔**：通「才」。

三行—**漫**：水廣大的樣子。／**映**：映襯、反映。／**平沙**：廣袤的沙漠。／**龍荒**：指塞外荒漠。

四行—**出關**：出塞。／**恰如**：恰是。

五行—**將發**：即將出發時。／**畫樓**：華麗的樓閣。／**芳酒**：芳香的美酒。／**紅淚**：原指血淚，此處指和著胭脂的淚水。

六行—**經年**：經過一年或若干年。／**杳杳**：隱約、依稀。／**音塵**：音信，消息。

七行—**方寸**：指心。

八行—**芭蕉不展丁香結**：唐代李商隱的〈代贈〉中有此句。／**厭厭**：懨懨，憂鬱的樣子。／**風月**：清風明月，指閒適的景色。

＊賞讀譯文請見二五三頁

真希：

沒錯，我妹也是打算要邊帶孩子邊工作，這樣「一兼二顧」的方式看起來很美好，但一開始要花比較長的時間來調適及找到平衡點。別小看「孩子」這種生物，他們可是比工作更難捉摸，而且不斷成長進化，總是在你覺得好像上手時，又有新難題冒出來。

像是我女兒，最近就開始有一些人際相處上的問題出現。老實說，有好幾次我都想偷偷向老師告狀，請他介入處理，不過最後還是忍耐下來。因為這種朋友突然翻臉又和好的情況，在漫長的人生裡是很常見的，我們只能從旁建議她可以怎麼應對，然後再由她選擇自己覺得最舒服的方式。

我還聽她說，班上已經有班對出現了。我雖然不會強烈反對這種兩小無猜的純純之愛，但主角若是我女兒，我可能會勸她，喜歡就好，別太早交往談戀愛。因為小學生的性格還沒發展成熟，各方面有太多變數，到最後只會是一場空。當然，這是大人自以為是的經驗談，陷入愛河的孩子才不會理你呢。

這次，我選讀賀鑄的〈石州慢〉。詞人看著初春的景色，回想起一年前離別後，至今都沒有收到對方的音訊，心中滿懷惆悵。這是古典詩詞裡很常見的傷別懷人主題，「薄雨收寒，斜照弄晴」之類的情境也常出現在這類詞作中，不過，「煙橫水漫，映帶幾點歸鴻，平沙消盡龍荒雪」的沙漠風景，比較常出現在愛國心澎湃激昂的邊塞詩詞裡，讓這首詞讀來有那麼一點新意及特別。

明晴・五月

69 氐州第一

波落寒汀

周邦彦

波落寒汀，村渡向晚，遙看數點帆小。
亂葉翻鴉，驚風破雁，天角孤雲縹緲。
官柳蕭疏，甚尚掛微微殘照。
景物關情，川途換目，頓來催老。

漸解狂朋歡意少，奈猶被思牽情繞。
座上琴心，機中錦字，覺最縈懷抱。
也知人懸望久，薔薇謝歸來一笑。
欲夢高唐，未成眠霜空已曉。

周邦彦（1056～1121）

字美成，自號清真居士。因獻〈汴都賦〉而被召為太學正，曾任徽猷閣待制、大晟府提舉，中年後任順昌府和處州等地方小官。精通音律，任大晟府提舉期間，不僅審訂古調，也創設許多音律，為格律派詞的奠基者。

━注釋━

一行━**波落**：退潮。／**寒汀**：冷清的水中沙洲。／**村渡**：村落的渡口。／**向晚**：傍晚。

二行━**亂葉**：紛亂的落葉。／**翻**：翻飛。／**驚風**：突來的一陣強風。／**破雁**：吹散大雁的行列。／**縹緲**：高遠隱約，若隱若現的樣子。

三行━**官柳**：官道上的柳樹。／**蕭疏**：稀疏。／**甚**：正。／**殘照**：夕陽。

四行━**關情**：觸動情感。／**川途**：水路。／**換目**：景象變換。／**頓來**：頓時。

五行━**漸解**：逐漸了解。／**狂朋**：狂放不羈的朋友。／**奈**：無奈。

六行━**座上琴心**：西漢時，司馬相如在宴會上以琴聲向卓文君示愛，指男子對女子的愛慕之情。／**機**：織布的器具。／**錦字**：指妻子寫給丈夫的信，或情書。源自《晉書》，秦州刺史竇滔被徙流沙，其妻蘇氏織錦為回文旋圖詩贈之。／**覺**：覺得。／**縈**：圍繞、纏繞。

七行━**懸望**：盼望。／**歸來**：回來。

八行━**夢高唐**：引用宋玉〈高唐賦〉的典故，指在夢中與愛人相會。／**霜空**：秋冬的晴空。

＊賞讀譯文請見二五四頁

明晴：

老實說，像這種國小、國中時期的純純愛戀，還滿讓人懷念的。第一次喜歡上某個人，對兩人的未來懷抱著不太實際的美麗幻想，正是年少時期才能享受的美夢。

像我這次選讀的周邦彥〈氐州第一〉，就多了歲月的滄桑感。詞人在秋日的傍晚行於水路上，蕭條寂寞的景色，讓他突然感嘆起老之將至，以及美好年華已逝去。下片則提到友人和自己都被相思之情縈繞，想念著家中的妻子，也知道她期待自己在薔薇凋謝的季節返家相聚，怎奈自己一夜無眠，無法在夢中先與她相會。詞中明確指出了想念的對象是「妻子」，而不是某個有緣無分的情人，在我們至今賞讀過的詩詞中，實屬少見。

上個週末，我本來打算自己一個人去看電影和逛街的，但在佳泰的邀約下，便跟意瑄、杏娟一起到 Signac Café。佳泰想要請我們看一下新書的版型設計，主要想請教的對象是意瑄，但也希望我和杏娟能從讀者的角度提供一些意見，因為不方便轉傳外流，才約我們過去看他列印出來的紙稿。

看他認真與意瑄討論的模樣，實在讓人心動。不過，我一意識到這樣的心情後，便趕緊起身到書架上隨便拿一本書來看，免得自己入迷的一直盯著他看。但沒想到，他竟然注意到我手上的書（我正好拿到旅遊書……），便湊過來翻看，對照這本書和他手上稿子的版型風格。我不好意思馬上逃之夭夭，只好讓自己進入發呆放空的狀態。我想，我還沒準備好要承認自己喜歡他這件事。

真希・五月

70 渡江雲

晴嵐低楚甸

周邦彥

晴嵐低楚甸，暖回雁翼，陣勢起平沙。驟驚春在眼，借問何時，委曲到山家。塗香暈色，盛粉飾爭作妍華。千萬絲陌頭楊柳，漸漸可藏鴉。

堪嗟。清江東注，畫舸西流，指長安日下。愁宴闌風翻旗尾，潮濺烏紗。今宵正對初弦月，傍水驛深艤蒹葭。沉恨處，時時自剔燈花。

—注釋—

一行—**晴嵐**：晴日山中的霧氣。／**楚甸**：古楚國的原野。／**暖回雁翼**：春天晴暖，大雁準備北返。／**陣勢起平沙**：在沙地上排好隊形起飛。／**山家**：山野人家。

二行—**委曲**：委婉曲折。／**借問**：請問。

三行—**塗香暈色**：形容春天的景色有馥郁香氣及繽紛色彩。／**盛粉飾**：把山妝點得像濃妝豔抹。／**妍華**：美麗的花朵。

四行—**陌頭**：路旁。

五行—**堪嗟**：可嘆。／**畫舸**：裝飾華麗的遊船。／**指長安日下**：遙指長安，在日落之處。

六行—**闌**：結束。／**烏紗**：烏紗帽。

七行—**初弦月**：上弦月。／**水驛**：水邊的驛站。／**深艤蒹葭**：將船深深地停靠在蒹葭旁。

八行—**沉恨處**：愁恨深沉時。／**燈花**：燈芯燒盡所結成的花狀物。

*賞讀譯文請見二五五頁

真希：

上次妳提到周邦彥的〈氐州第一〉（一五二頁）裡思念的對象是妻子而非情人，這讓我想到一直以來的某個感覺：婚後的「妻子」地位，好像比不上婚前的「女朋友」地位。好比說，朋友間互相取笑有關女朋友之類的事，總會讓男生害羞臉紅，而提到妻子時，反應總是比較平淡，甚至會厭煩或想逃避。是因為妻子已經是「擁有物」，是每天都會出現在日常生活中的人物，反而不值得一提或珍惜嗎？因為愛情裡雜入了太多柴米油鹽醬醋茶，所以很難再有浪漫的感覺嗎？老實說，要讓夫妻間的互動始終甜蜜，真的需要花心力經營，尤其是在有了孩子之後，難度更高。

再過一個月，暑假又要到了。這次，文杰和其他國中的圍棋社老師，一起規畫了圍棋夏令營，希望透過循環制對弈來提升同學的實力。他們也規畫了小學生組，雖然報名情況不如預期中的熱烈，但勉強可開營。我女兒也在文杰的勸說下，答應參加營隊去體驗看看。他的用意並不是要強迫女兒愛上圍棋，只是希望她能有接納各種事物的開放心胸，願意多花幾天時間去認識一項技藝。

這次，我選讀周邦彥的〈渡江雲〉。在日漸回暖的初春時節，群雁開始北返，春色逐漸蔓入深山，花色繽紛、香氣撲鼻，楊柳枝頭也日益茂盛。然而，詞人的心情卻不如春景這般美好，他乘著華麗大船，在宴會結束後對著弦月興嘆，並藉著剔下燃燒後的燈芯，來排解心中的深沉愁恨。由於這份「沉恨」太隱晦了，歷來學者對詞中「長安」指的是真「長安」或北宋京城「汴京」有不同的看法，若是後者，那麼詞中風景所暗喻的，也許就是政局的變化了。

明晴・五月

71 念奴嬌・垂虹亭

朱敦儒

放船縱棹，趁吳江風露，平分秋色。
帆卷垂虹波面冷，初落蕭蕭楓葉。
萬頃琉璃，一輪金鑑，與我成三客。
碧空寥廓，瑞星銀漢爭白。

深夜悄悄魚龍，靈旗收暮靄，天光相接。
瑩澈乾坤，全放出疊玉層冰宮闕。
洗盡凡心，相忘塵世，夢想都銷歇。
胸中雲海，浩然猶浸明月。

朱敦儒（1081～1159）

字希真。早年多次被舉薦為官，皆不出任。後經親朋勸說才轉變心意，歷任兵部郎中、臨安府通判、秘書郎、都官員外郎、兩浙東路提點刑獄等職，致仕後居於民間。有「詞俊」之稱。

注釋

題──**垂虹亭**：位在江蘇省吳淞江垂虹橋上。

一行──**棹**：船槳。／**平分秋色**：指中秋時分。中秋節為農曆八月十五日，在秋季的三個月中間，剛好是秋天平分之處。

二行──**垂虹**：指垂虹橋。／**蕭蕭**：形容落葉聲。

三行──**萬頃**：百萬畝，以誇飾手法形容面積廣闊。／**琉璃**：指江面。／**金鑑**：明月。／**與我成三客**：化用自李白的〈月下獨酌〉。

四行──**碧空**：青天。／**寥廓**：空曠深遠。／**瑞星**：又名景星。《史記．天官書》：「天精而見景星。景星者，德星也，其狀無常，出於有道之國。」／**銀漢**：銀河。

五行──**魚龍**：魚和龍。泛指魚類和貝甲類等水族。／**靈旗**：神靈的旗子；戰旗。／**暮靄**：傍晚的雲霧。／**天光**：天色。／**相接**：連續；連接。

六行──**瑩澈**：瑩潔透明。／**乾坤**：原是易經上的卦名，後借稱天地、日月等。／**宮闕**：建築富麗堂皇的宮殿。

七行──**洗盡**：洗去。／**銷歇**：消失、停止。

八行──**浩然**：廣大壯闊的樣子。

＊賞讀譯文請見二五六頁

明晴：

我覺得你們鼓勵女兒多去嘗試陌生事物的作法，還滿好的。回想起來，或許因為我是家中唯一的女孩，父母比較保護我的關係，導致長大後的我一直沒有勇氣踏出舒適圈。如果我有這份勇氣的話，說不定當初我就會跟隨亞翔到日本去，或現在也不會逃避自己對佳泰的感情。

前幾天，佳泰的新書順利出版了。阿福找大家一起去 Signac Café 開慶祝派對。我猶豫了很久，最後決定謊稱自己身體不舒服，待在住處沒出門。

我覺得，在告白失敗後無法當朋友，並不是因為雙方不夠成熟，而是告白的那方無法立刻將「想要擁有對方的心情」壓抑下來，只能選擇遠離。現在的我，想要占有佳泰的渴望已經越來越強烈，快要讓自己負荷不了了，所以我想要先避開他，讓自己冷靜一下。（只是沒想到他竟然在隔天打電話來關心我的身體狀況……）

這次，我選讀朱敦儒的〈念奴嬌・垂虹亭〉，在略顯蕭瑟的秋涼季節，明月將江面照耀得如琉璃般晶瑩，夜空清朗、繁星點點，雖然自己形單影隻，但這般天地遼闊的景色卻讓人不禁拋去所有俗世的想望，而擁有純淨開闊的胸懷。

其實我無法想像詞人所描繪的景色，或許要找一個滿月的深夜，萬家燈火已滅時（會有這樣的時刻嗎？）造訪淡水河，才能感受一二。不過，我真的很想擁有詞人那無欲無求的胸懷。

真希・六月

72 春霽

淡淡輕寒雨後天，柳絲無力妥殘煙。
弄晴鶯舌於中巧，著雨花枝分外妍。
消破舊愁憑酒盞，去除新恨賴詩篇。
年年來到梨花日，瘦不勝衣怯杜鵑。

朱叔真

朱淑真（約 1135 ～ 1180）
號幽棲居士。籍貫身世說法不一，唯可確知其生於仕宦之家，婚後夫妻不睦。

【注釋】

一行—**輕寒**：輕微的寒意。／**柳絲**：形容柳枝細長如絲。／**妥**：垂下。

二行—**弄晴**：指禽鳥在初晴時鳴囀、戲耍。／**鶯舌**：鶯聲。／**巧**：靈巧。／**著雨**：淋雨。／**分外**：特別、格外。／**妍**：美麗、嬌豔。

三行—**消破**：消耗，消費。／**憑**：憑藉、依靠。／**酒盞**：小酒杯。／**賴**：依賴。

四行—**年年來到梨花日**：另有版本為「年年來對梨花月」。／**勝衣**：承受衣服的重量。／**杜鵑**：杜鵑鳥。初夏時常晝夜不停啼叫，叫聲類似「不如歸去」。相傳為商周至春秋時代之間的古蜀君主杜宇之魂所化，又叫子規、杜宇、鶗鴂、啼鴂、鵜鴂。

*賞讀譯文請見二五七頁

真希：

其實我不是很認同「舒適圈」的說法，因為外在環境和人心都是不斷在變動的，每一種選擇都有必須面對的變化與挑戰。停留在原地，不見得會有比較輕鬆的未來。真正重要的，應該是正視內心的渴望，選擇自己想要的幸福狀態，並勇敢面對這條路上的種種難題。不過，萬一覺得後悔了，想要重新選擇，也是可以的。人生，沒有一定非要怎樣不可，只要自己心甘情願就好。（有沒有覺得我現在愈來愈溫和啦？其實是我一直在勸自己，不要因為求好心切，而太過干涉子女的未來。）

對了，阿豪和小君計畫在暑假期間開國中同學會，地點打算選在親子餐廳或農場之類的，讓大家可以帶孩子一起去玩。等細節確定後，我再跟妳說，有空就回來參加喔。

這次，我選讀朱淑真的〈春霽〉，前四句描寫春日雨後的景色，希微煙霧中柳葉低垂，鶯鳥在林間婉轉啼叫，花朵因雨溼而更顯得濃麗；後四句則與之成對比，描寫累積多年的愁恨只能藉由飲酒及寫詩來抒發，人卻依然日漸消瘦，並且害怕聽見杜鵑鳥的悲悽叫聲。

不管妳做什麼選擇，都希望妳別讓自己陷入詩中的這種苦悶情境。

明晴·六月

73 晴和

朱淑真

海棠深院雨初收，苔徑無風蝶自由。
百結丁香誇美麗，三眠楊柳弄輕柔。
小桃酒膩紅尤茂，芳草寒餘綠漸稠。
寂寂珠簾歸燕未，子規啼處一春愁。

注釋

一行—**海棠**：薔薇科蘋果屬的落葉喬木。三、四月時開紅色花。與草本植物秋海棠不同。

二行—**丁香**：丁香的花蕾大多含苞不放如紐結。／**誇**：誇耀、炫耀。／**三眠**：指柳枝在風中時起時伏。眠，指偃伏的，伏臥的。

三行—**小桃**：指桃花。／**酒膩**：飲酒過多。／**紅**：指紅花。／**尤**：特別、格外。／**茂**：繁盛。／**餘**：殘留的、將盡的。／**稠**：繁多、濃密。

四行—**寂寂**：寂靜無聲。／**歸燕未**：即燕未歸。／**子規**：杜鵑鳥。初夏時常晝夜不停啼叫，叫聲類似「不如歸去」。相傳為商周至春秋時代之間的古蜀君主杜宇之魂所化，又叫杜宇、鶗鴂、啼鴂、鵜鴂。

*賞讀譯文請見二五七頁

明晴：

這次我選讀朱淑真的〈晴和〉，它與〈春霽〉（一五八頁）一樣，是描寫春日雨後的景色，也提到楊柳、色彩濃重的花草，還有悲悽的子規（杜鵑）啼叫聲。不過，這首詩的風景細節較明確，點出了海棠、丁香、桃花，以及飛舞的蝴蝶，愁怨則相對清淡一些。兩首對照賞讀，可以感受到詩人的心情變化，卻不知是由濃轉淡，或由淡轉濃。

最近，我報名參加了週末的花藝及瑜伽課程，跟之前去逛街、看電影一樣，目的都是不希望週末的生活圈侷限在 Signac Café，而不得不與佳泰碰面。如果疏遠久了，就不想念了，那麼有沒有這份愛都沒關係，對不對？或許我心裡還是相信「命中注定」，若真的有緣，是怎麼樣也擺脫不掉的。

喜歡上佳泰這件事，有可能改變我的未來嗎？我該對我們倆的未來懷抱什麼期待嗎？隨著年紀漸長、談過幾場戀愛後，面對愛情時就不再理所當然地認為美夢會成真，也不會再因為喜歡上某人，就想要與他共度一生。「對浪漫愛情的渴望」與「對真實愛情的認知」這兩種矛盾的心情正在我心裡打架，連我都不知道哪個會勝出。或許真的只能隨緣了。

至於國中同學會，我應該可以參加，妳再跟我說確定的時間和地點嘍。

真希・六月

74 一萼紅

古城陰

姜夔

古城陰，有官梅幾許，紅萼未宜簪。池面冰膠，牆腰雪老，雲意還又沉沉。翠藤共閒穿徑竹，漸笑語驚起臥沙禽。野老林泉，故王臺榭，呼喚登臨。

南去北來何事，蕩湘雲楚水，目極傷心。朱戶黏雞，金盤簇燕，空歎時序侵尋。記曾共西樓雅集，想垂楊還裊萬絲金。待得歸鞍到時，只怕春深。

姜夔（1155～1221）

字堯章，號白石道人。少年孤貧，屢試不第，終身布衣，遊歷四處，靠賣字及友人接濟為生。多才多藝，精通詩詞、散文、書法、音律等，為格律派詞人。

題序：丙午人日，予客長沙別駕之觀政堂……穿徑而南，官梅數十株……

注釋

一行—**陰**：南面。／**官梅**：官方種植的梅樹。／**紅萼**：紅花。／**未宜**：不適合。／**簪**：插、戴。

二行—**冰膠**：冰層膠連在一起。／**雪老**：積雪已無新鮮色澤。

三行—**共**：陪伴。／**臥沙禽**：臥伏在沙上的禽鳥。

四行—**野老**：村野老人。／**故王臺榭**：指漢代長沙定王劉發所築的臺榭。／**登臨**：登高望遠。

五行—**何事**：為何。／**湘雲楚水**：湖南的雲及流水。湖南的簡稱為「湘」，也屬於楚地（春秋戰國時期楚國所在的長江中下游一帶）。／**目極**：用盡目力遠望。

六行—**黏雞**：《荊楚歲時記》提到「人日貼畫雞於戶，懸葦索其上，插符於旁，百鬼畏之」。／**金盤**：指春盤。古代會於立春日吃冷春捲，上桌時餅放在正中央，周圍擺放餡料。／**簇燕**：用生菜組成燕子的形狀。周密《武林舊事》提到「後苑辦造春盤供進……翠縷紅絲，金雞玉燕，備極精巧……」／**空**：徒然。／**侵尋**：漸進。

七行—**雅集**：指文人雅士的賞花、彈琴、品茶、聞香的集會。／**垂楊**：柳樹的別名。／**裊**：搖曳、擺動。

八行—**歸鞍**：回家所乘的馬。

＊賞讀譯文請見二五八頁

真希：

關於緣分，我最近聽我姊提起一樁往事，頗能呼應妳對緣分的看法。

我姊在高中時喜歡班上的甲男，好友乙女知道她的心意。某天，乙女心血來潮地詢問甲男的好友丙男：「你知道班上哪個女生喜歡甲男嗎？」丙男竟說出了我姊的名字。乙女將這件事告訴我姊，表示甲男知道她的心意。我姊對此感到驚訝，但另一方面也認為，甲男既然知道自己的心意，卻沒有什麼回應，代表甲男不喜歡她，便讓這份心意隨風而逝。

多年後，我姊偶然得知當時甲男喜歡自己，丙男也知道他的心意，但他們都不知道我姊喜歡甲男。我姊回想過往，直覺認為乙女應該是問：「你知道甲男在班上有喜歡的女生嗎？」但在轉述時故意講反話，而原因可能出自嫉妒的心情，不希望我姊和甲男有結果。但因為時移事往，我姊也沒有特別找乙女對質清楚。

又過了幾年，我姊突然回想起這樁往事時，靈光一閃，心想或許乙女並沒有故意講反話，而是丙男因為知道甲男的心意，所以下意識地聽成：「你知道甲男在班上有喜歡的女生嗎？」才會那樣回答。但無論事實真相究竟為何，都無法改變結局——他們因為一場誤會而錯過了可能在一起的機會。

這次，我選讀姜夔的〈一萼紅〉。這首詞有明確的寫作背景，詞人在序言提到，他到長沙別駕（通判）的觀政堂作客，那裡有西臨古城牆的彎曲池沼，穿過竹林小徑後，有官府栽種的數十棵梅花，含苞花蕾或像花椒或像豆粒，顏色或紅或白。他穿過青苔小路，登上古高臺賞景，卻悲從中來，因而「醉吟成調」。如此賞讀起來，似乎較能明確掌握詞人欲表達的心思，但對於詞中的往日美好所指為何，卻有學者猜測應該是合肥情事。

明晴・六月

75 南溪

元好問

南溪酒熟清而醇，北溪梅花發興新。
前年去年花下醉，今年冷落花應嗔。
梅花娟娟如靜女，寂寞甘與荒山鄰。
詩人愛花山亦好，幽林穹谷生陽春。
風鬟峨峨一尺雲，芳香幽臥如相親。
山堂夜半北風惡，一點相思愁殺人。

元好問（1190～1257）

字裕之，號遺山，金朝人，有「北方文雄」之稱。科舉之路歷經波折，任官後亦曾多次因故離官。而後遭遇蒙古軍圍城、金朝滅亡等變故，因曾為開城降將崔立修撰功德碑文及上書給耶律楚材，而被質疑氣節問題，使其意志消沉。晚年致力編寫書籍保留金朝歷史及文化。除詩、文、詞、曲外，亦著有志怪短篇小說《續夷堅志》。

—注釋—

一行—**發興新**：引起新的興致。

二行—**嗔**：生氣。

三行—**娟娟**：美好。／**靜女**：嫻靜的女子。／**荒山**：偏僻、人跡罕至的山。

四行—**幽林**：幽深茂密的樹林。／**穹谷**：深峭的山谷。／**陽春**：溫暖的春天。

五行—**鬟**：頭髮梳挽成中空環形的一種髮髻。／**峨峨**：高聳的樣子，美好的樣子。／**風鬟峨峨一尺雲**：在風中，挽起一尺高的雲鬟。「雲」指髮髻濃密。此句形容茂密的梅花。／**相親**：彼此親近。

六行—**山堂**：山中居所。／**惡**：猛烈。／**愁殺**：使人極為憂愁。殺，表示程度深。

＊賞讀譯文請見二五九頁

明晴：

上個週末，我連續參加了家族聚會及國中同學會，實在感觸良多。一路走來，每個人都活出了截然不同的人生故事，每對夫妻、每家親子的互動也都不同。唯一相同的，是每個人都為了讓自己及心愛的人過得幸福而努力著吧。這讓我不禁自問，我想像中的幸福是什麼模樣呢？

從前的我，很單純的以為自己一定會結婚生子，然而時至今日，我好像刻意把這個選項給排除在外了。但我真的討厭或排斥結婚生子的生活嗎？其實並不盡然。我真的絲毫不羨慕你們的生活嗎？當然也非如此。

只是，就像妳上次來信說的例子，人生際遇似乎在冥冥中自有定數，有些緣分是強求也不可得的。不過，我也想到一種可能，假如當初甲男真的知道妳姊的心意，他會不會是在等妳姊採取行動呢？會不會「被動等待」才是錯過緣分的主因？然而，在當下會選擇「主動」或「被動」，是否也有一股什麼力量在背後推動呢？此外，若是心情上沒有做好準備，貿然採取行動，不見得會有好結果吧？「時機對了」也是很重要的因素。

這次，我選讀元好問的〈南溪〉。詩人一連三年都帶著酒去賞梅花，幽靜風景散發些許寂寞氛圍，卻另有一番閒適及美好，只是夜半的北風卻可能毀了這幅美景。元好問一生仕途波折不斷，寫作此詩的背景，是他在歷經長年科舉考試後終獲官職的一年後左右，當時他已經對官場感到失望而請長假，住在河南省登封市，撰寫有關杜甫的重要著作《杜詩學》。或許是在這樣的矛盾心情下，詩人才會為這首基調恬淡平和的詩，添上感慨的結尾吧。

真希・七月

76 虞美人・春曉

劉辰翁

輕衫倚望春晴穩，雨壓青梅損。
皺綃池影泛紅蔫，看取斷雲來去似鑪煙。
愁春來暮仍愁暮，受卻寒無數。
年來無地買花栽，向道明年花信莫須來。

劉辰翁（1232～1297）
字會孟，號須溪。登進士第後，因廷試對策觸忤權臣賈似道，被評為丙等。曾任濂溪書院山長、臨安府學教授等職。宋亡後隱居不仕。一生致力於文學創作和文學批評。

注釋

二行──**皺綃**：有皺褶的絲織品，比喻水面的波紋。／**影**：人、物的形象或圖像。／**泛**：漂浮。／**紅蔫**：枯萎的花。蔫指不新鮮。／**取**：語助詞，置於動詞後，表示動作的進行。／**斷雲**：一片片的雲。／**鑪**：火爐。

三行──**卻**：置動詞後時，相當於「掉」、「去」、「了」。

四行──**年來**：近年以來或一年以來。／**花信**：南朝宗懍的《荊楚歲時說》中，依開花期排列了二十四番花信風。／**莫須**：不必。

*賞讀譯文請見二五九頁

真希：

我最近倒是聽過另一種關於「平行世界」的說法，其背後有量子力學等物理學假說支撐，但也有延伸到哲學及神學方面的討論。維基百科的解釋之一是：「一個事件的不同過程或一個不同決定的後續發展，存在於不同的平行宇宙中。」我也在書上看過「我們的念頭一轉，就會到另一個平行世界」的說法，意即我們能透過改變想法，來轉換自己所生存的世界。這麼做的結果，似乎跟「吸引力法則」有異曲同工之妙，只是前者是改變自己所在的位置，後者則是把東西吸引到自己的所在之處。

姑且不論這些理論是否有科學實證支撐，我想要相信「自己的所思所為都具有改變人生的力量」。或許的確有某些先天條件限制、命定際遇的存在，但每一步都是「選擇題」。我姊的往事確實如妳所說的，雖然發生了那樣的誤會，但也是她自己選擇放棄、不有所作為，才會有「錯過」的結局。

這次，我選讀劉辰翁的〈虞美人・春曉〉，詞中描寫了春日晴朗早晨所見的風景，先前下的雨打壞了一些青梅，池面上漂浮著落花，雲朵的來去則像一陣煙；然而，春天的腳步實在來得太遲了，周圍仍殘留冬季的寒氣，想到自己沒有土地可以種花，乾脆就叫明年的花信風別吹來了吧。整首詞的基調清朗淡雅，但結尾卻顯得有些任性，讓人不禁莞爾。

明晴・七月

77 齊天樂・螢

王沂孫

碧痕初化池塘草，熒熒野光相趁。
扇薄星流，盤明露滴，零落秋原飛燐。
練裳暗近。記穿柳生涼，度荷分暝。
誤我殘編，翠囊空嘆夢無準。
樓陰時過數點，倚闌人未睡，曾賦幽恨。
漢苑飄苔，秦陵墜葉，千古淒涼不盡。
何人為省，但隔水餘暉，傍林殘影。
已覺蕭疏，更堪秋夜永。

王沂孫（約 1230 ～ 1291 年前後在世，南宋末）字聖與，號碧山、中仙、玉笥山人。入元後，曾任慶元路學正。與周密、張炎相唱和。

注釋

一行—**碧痕初化池塘草**：「碧痕」指螢，化用自《禮記・月令》中「夏季之月，腐草為螢」的典故。／**熒**：光線微弱。／**野光**：指螢火蟲發出的光。／**趁**：追逐。

二行—**扇薄**：化用自唐代杜牧的〈秋夕〉：「輕羅小扇撲流螢。」／**星流**：指螢光飛舞如流星。／**盤明露滴**：漢武帝曾造銅製仙人，手上捧著銅盤玉杯承接天上的仙露。此處以承露盤中的閃爍露珠比喻螢火蟲。／**零落**：飄零，流落。／**秋原**：秋日的原野。／**燐**：夜晚的野地裡常見的忽隱忽現青色火光，是燐化氫遇到空氣燃燒所產生。

三行—**練裳**：簡單樸素的衣裳。化用自唐代杜甫的〈見螢火〉：「巫山秋夜螢火飛，簾疏巧入坐人衣。」／**暗近**：暗中接近。／**生涼**：生起涼風。／**度荷**：飛度荷塘。／**分暝**：劃開夜色。

四行—**殘編**：因勤讀而被翻爛的書籍。／**翠囊**：取自「車胤囊螢」的故事，晉朝的車胤因家貧無油燈，而將螢火蟲放入囊袋中，借此亮光讀書。

五行—**樓陰**：樓房的影子。／**闌**：欄杆。／**曾**：尚且。／**賦**：吟詠、寫作。／**幽恨**：深藏於心中的怨恨。

六行—**苑**：帝王遊樂狩獵的園林。／**陵**：帝王或偉人的墳墓。／化用自唐代劉禹錫的〈秋螢引〉：「漢陵秦苑遙蒼蒼，陳根腐葉秋螢光。」

七行—**省**：明白、領悟。／**但**：僅、只。／**隔水**：溪流的對岸。／**傍**：臨近。／化用自唐代杜甫的〈螢火〉：「隨風隔幔小，帶雨傍林微。」

*賞讀譯文請見二六〇頁

明晴：

上個週末，我上完花藝課後，竟然又在路上遇見佳泰了。我在驚訝之餘，也疑惑他怎麼沒去Signac Café打工。他說是為了採訪工作而請假，剛剛才忙完，並邀我一起去喝杯咖啡。我一時想不到推辭的理由，便答應了。

在咖啡館裡，他說，杏娟和意瑄曾提到，我最近好像有心事，但她們不想給我壓力，所以沒有多問。並說，若是不方便對她們倆說的事，可以跟他說。我當然說不出實情，只說我在想一些未來的事。他便表示，他也在考慮接下來要繼續接案，還是找一份正職工作，因為他的下一個寫作計畫還沒孵出來。我們聊得很開心……而我，也再次確認自己真的喜歡上佳泰了。

不過，我更在意的，其實是自己竟然讓杏娟和意瑄擔心了。於是在回到住處後，我便向她們坦誠，我是因為喜歡佳泰而在煩惱。杏娟提醒我，之前我因為和亞翔之間沒有畫下完整的句點，而在心中牽掛多年；她建議我，就算對這份感情沒有期待，也要坦誠對佳泰說出自己的心意，才有可能放下這件事。杏娟說的話，的確沒錯。我想了想，便決定要是我再次偶遇佳泰，就說出真心話吧！

這次，我選讀王沂孫的〈齊天樂．螢〉。這首詞表面上看起來似乎不難懂，實際上卻融入了許多與螢火蟲有關的故事及詩詞典故，主旨應該是透過吟詠螢火蟲光芒來抒發亡國幽恨。但詞人為何會有將「流螢之光」與「亡國之恨」連結在一起的想法呢？是想用它的美麗來象徵美好過往，用它的幽微亮度來比喻現今的淒涼嗎？或者只是單純的見景生情呢？對我來說，實在難以看透。

真希．七月

78 瑞鶴仙

郊原初過雨

袁去華

郊原初過雨，見數葉零亂，風定猶舞。
斜陽挂深樹，映濃愁淺黛，遙山媚嫵。
來時舊路，尚巖花嬌黃半吐。
到而今，惟有溪邊流水，見人如故。

無語。郵亭深靜，下馬還尋，舊曾題處。
無聊倦旅，傷離恨，最愁苦。
縱收香藏鏡，他年重到，人面桃花在否。
念沉沉小閣幽窗，有時夢去。

袁去華
字宣卿，約南宋高宗紹興末前後在世，為紹興十五年（1145）進士。曾任善化知縣、石首知縣。

注釋

一行—**郊原**：原野。／**零亂**：散亂不整齊。／**風定**：風停。

二行—**挂**：懸吊。通「掛」。／**深樹**：指樹林深處。／**淺黛**：指山為淺淺的青色。／**媚嫵**：美好可愛。

三行—**尚**：尚有。／**巖**：高峻的山崖。／**嬌黃**：嫩黃色。

四行—**而今**：如今。／**如故**：好像老朋友。

五行—**郵亭**：驛站。／**舊曾題處**：舊日曾題字的地方。

六行—**無聊**：精神空虛、愁悶。／**倦旅**：倦於行旅的人。

七行—**香、鏡**：在此皆指情人的信物。香的典故為，西晉時，韓壽與高官賈充之女賈午偷情，賈午偷拿皇上賜給賈充的西域奇香，送給韓壽。鏡子指破鏡重圓一事，南朝陳徐德言與妻樂昌公主於戰亂分散時各執半鏡，當作日後相見的信物。／**他年**：將來、以後。／**人面桃花**：化用自唐代崔護的〈題都城南莊〉：「……人面桃花相映紅。人面不知何處去，桃花依舊笑春風。」

八行—**沉沉**：深沉。／**小閣幽窗**：指女子的住處。

＊賞讀譯文請見二六一頁

真希：

我一直覺得，妳和佳泰之間似乎有著不解之緣（否則怎麼會經常巧遇呢？）妳自己沒有這種感覺嗎？還是妳不希望自己對此懷有太過浪漫的期待，而刻意忽視呢？

杏娟說的話確實一針見血，難怪能推動妳有所行動。不過，我也發現，她們似乎跟我一樣，雖然期待妳能主動一點，卻都沒有以「你們一定會幸福」這類的話來鼓勵妳去追求愛情。也許是到了這個年紀，終於明白幸福是要靠自己創造，而不是靠他人給予吧。有伴侶的好處之一，是能夠較密集且深度地透過另一個人的視角來豐富生命的經驗，卻不是得到幸福的保證。

這次，我選讀袁去華的〈瑞鶴仙〉。詞中描述了旅途中所見的雨後風景，營造出濃愁籠罩的氛圍，而詞人感到愁苦的原因，是長年行旅在外而不得不面對的離情、人事變遷與相思之情。

有趣的是，關於「收香藏鏡」的語出典故，有兩種不同的看法。一是認為「收香」出自《世說新語・惑弱》中「韓壽偷香」的故事，韓壽與賈充之女暗中偷情，之後順利結為夫妻。「藏鏡」則出自南朝陳國徐德言與妻子樂昌公主因為各執半鏡而得以在失散後重聚的典故。二是認為「收香藏鏡」出自東漢詩人秦嘉與妻子徐淑的故事。徐淑因病而不願跟隨秦嘉赴任職地，便送鏡子給秦嘉。秦嘉為此寫了三首〈贈婦詩〉，「人生譬朝露，居世多屯蹇。憂艱常早至，歡會常苦晚。」即是出自其中一首。以詩詞的情境來看，我覺得出自後者的機率較高。

明晴・七月

79 訴衷情・送春

万俟詠

一鞭清曉喜還家，宿醉困流霞。
夜來小雨新霽，雙燕舞風斜。
山不盡，水無涯，望中賒。
送春滋味，念遠情懷，分付楊花。

万俟詠
約北宋末、南宋初時人。万俟為複姓。字雅言，自號詞隱、大梁詞隱。因屢試不第而絕意仕進。後曾召試補官，任大晟府制撰、下州文學等職。善工音律。

【注釋】

一行—**一鞭**：指揚鞭催馬趕路。／**清曉**：天剛亮時。／**還家**：回家。／**困**：疲倦、疲乏。／**流霞**：傳說中神仙的飲料，泛指美酒。

二行—**夜來**：夜裡。／**新霽**：剛剛放晴。

三行—**無涯**：無窮盡；無邊際。／**望中**：視野之內。／**賒**：遙遠。

四行—**念遠**：對遠方人或物的思念。／**分付**：交給。／**楊花**：即柳絮。

*賞讀譯文請見二六一頁

明晴：

老實說，我的確也覺得我和佳泰之間似乎有某種緣分。然而，這有可能表示我們只是這幾年比較有緣，而不是我們可能有機會交往的某種「徵兆」。

我突然想起國中時暗戀阿智的事。那時，我滿心期待能在某些特殊節日裡偶遇阿智，以為這會是我們倆有緣的徵兆，真是傻乎乎的想法。

寫到這裡，我突然發現自己在感情方面從來沒有主動追求過，之前的兩段感情都是對方先採取行動；要是他們沒有先表示什麼的話，我有機會談這兩場戀愛嗎？在每段感情裡，總要有人先跨出那一步，才有機會把喜歡的心意落實為兩心交流的戀愛。而這次，我還是要被動等待嗎？（嗯……我還在猶豫……）

這次，我選讀万俟詠的〈訴衷情・送春〉，雖然題為「送春」，卻是在描寫歡喜返鄉的心情。一大清早，詞人還在宿醉，就快馬加鞭地趕路，剛放晴的天氣、在風中飛舞的燕子，都呼應著詞人心情的清朗及輕快。那種前路山不窮水不盡的日子已經結束，如今回頭望去已顯得遙遠；而那送春的悲傷、思念遠方親友的愁懷，都全部交給楊花，一起隨風而逝吧。這就跟我每次趕著回家過節的心情一樣，歸心似箭，在還沒投入溫暖的家的懷抱之前，所有煩憂就在路途上逐漸被拋開了。

真希・八月

80 木蘭花

春風只在園西畔

嚴仁

春風只在園西畔，薺菜花繁胡蝶亂。
冰池晴綠照還空，香徑落紅吹已斷。
意長翻恨游絲短，盡日相思羅帶緩。
寶奩如月不欺人，明日歸來君試看。

嚴仁
字次山，號樵溪。約南宋宋寧宗慶元末前後在世。

【注釋】

一行【**畔**：邊側、旁側。／**薺菜**：一種十字花科的野菜，春天開小白花。／**胡蝶**：蝴蝶。

二行【**冰池**：冰涼的池水。／**晴綠**：指池水碧綠。／**香徑**：飄散花草芳香的小徑。／**落紅**：落花。

三行【**意長**：情意綿長。／**翻恨**：反而怨恨。／**游絲**：飄在半空中，由昆蟲類所吐的絲。／**盡日**：整天。／**羅帶**：絲織的衣帶。／**緩**：放鬆。

四行【**奩**：原指鏡匣，代指鏡子。／**欺**：欺騙。

*賞讀譯文請見二六二頁

真希：

的確，很多事情的發展都與我們年少時所想像的不同。

上個週末，我們全家一起大掃除，決心把多年來累積的雜物給清除乾淨。大女兒在我們的訓練下，早就會整理及分類自己的物品，小兒子則是在大女兒的指導下，初次體驗全程自己動手。我們夫妻倆也各自整理了自己的物品，從儲藏室角落裡翻出了十幾、二十年前的書信、筆記、作業資料，還有收藏的卡片、明信片、海報等。當時，總以為自己在將來一定會經常拿出來翻看的，沒想到卻是收進箱子裡就忘得一乾二淨了。

然而，對於那些舊的、過時的、用煩了但還沒壞的物品，我可以輕易把它們放入資源回收箱裡，但對這些充滿回憶的物品，就實在捨不得丟棄。

時下很流行「斷捨離」，也有一種某物品一整年都沒用到就丟棄的整理法，但我家採取的是「空間臨界點」整理法，在物品快要滿出櫃子時，就清掉一些，讓櫃子維持在八、九分滿的狀態，既有比之前清爽的感覺，也有自己擁有如此多東西的滿足感。所以，那些我捨不得丟的物品，因為空間還夠，又被我放回原位去了。

這次，我選讀嚴仁的〈木蘭花〉，作者運用蝴蝶飛舞花叢間、空曠綠池水與滿地落花的暮春景致，來襯托詞中人因為長期相思而消瘦的處境。這是古典詩詞裡很常見的類型，不過，大多詩詞在最後總會感嘆「思念無盡頭」、「相聚遙遙無期」，而這首詞末句的「明日歸來君試看」卻點出近期將要重逢的結局，讓它多了一點「甜蜜撒嬌」的意味。

明晴・八月

81 沉醉東風・重九

盧摯

題紅葉清流御溝，賞黃花人醉高樓，
天長雁影稀，日落山容瘦，
冷清清暮秋時候，衰柳寒蟬一片愁，
誰肯教白衣送酒。

盧摯（約1241～1315）
字處道、莘老，號疏齋、嵩翁。登進士第後，曾任河南路總管、江東道廉訪使、翰林學士等職。晚年寓居宣城。

注釋

一行 **題紅葉清流御溝**：化用唐代流傳的故事。據傳唐代有宮女在紅葉上題詩，讓它隨御溝（皇宮中的水溝）流出宮外，最後與撿起紅葉的男子結為連理。／**御溝**：流經宮苑的河道。／**黃花**：菊花。

二行 **天長**：長空，遼闊的天空。／**日落**：太陽西下。／**山容**：山的姿容。／**瘦**：寂寥、淒清。

三行 **暮秋**：秋末，農歷九月。／**寒蟬**：秋蟬。

四行 **白衣送酒**：化用王弘送酒給陶淵明的典故，在此指知己、友人。南朝宋的檀道鸞所著之《續晉陽秋》裡，提到：「王弘為江州刺史，陶潛九月九日無酒，於宅邊東籬下菊叢中，摘盈把，坐其側。未幾望見一白衣人至，乃刺史王弘送酒也。即便就酌而後歸。」

*賞讀譯文請見二六二頁

明晴：

結果，我……在前幾天不小心向佳泰告白了。

那天，我在下班途中遇到佳泰。雖然我之前提過「要是再次偶遇佳泰，就說出真心話」，但在當下卻想假裝沒看到他，因為我在那一瞬間突然對這偶遇的緣分感到厭煩。不過，他卻發現我了，並走過來約我一起去吃飯。我不想刻意拒絕，便答應了。

用餐時，佳泰提起最近有個上班族女生因為懷有開咖啡館的夢想，便利用週末到Signac Café打工，希望藉此了解咖啡館的實際運作方式，也請阿福傳授她一些經營訣竅和廚藝。我心中突然湧上一股妒意，忍不住問他：「你喜歡她呀？」佳泰有點驚訝地回應：「妳怎麼會這麼問？是我說的哪一句話讓妳有這樣的誤解？」身為記者的他，很在乎自己用詞的精確度。我一時不知該怎麼掩飾，便坦承告訴他：「不好意思，是因為我喜歡你，才會有這樣解讀……我說的是男女之間的喜歡，不是朋友之間的喜歡。」然後就逃之夭夭了。老實說，我也不知道自己到底是怎麼一回事，就這樣莫名其妙地告白了。在我回到家，冷靜下來後，便傳了訊息給他，請他別介意這件事，不必特別給我什麼交代。而佳泰真如我所預期的，沒有任何回覆，靜悄悄的。

這次，我選讀盧摯的〈沉醉東風・重九〉，這幅淒清秋日的孤單景象，實在切合我的現況。「題紅葉清流御溝」宛如我的告白，「天長雁影稀」、「日落山容瘦」、「衰柳寒蟬一片愁」猶如我的惆悵，「誰肯教白衣送酒」則像是沒有人願意獻上情意給我。

雖然這次的戀情連開始都沒有，還是讓人有點心痛呢。不過，這是我第三次失戀了。我之前已經有過忘懷舊情人的經驗，再加上這次從一開始就不抱期待，所以我不擔心自己會對此耿耿於懷太久。這份心意和難過的心情，一定會隨著時間慢慢遠走的。

真希・八月

82 秋蓮

劉因

瘦影亭亭不自容，淡香杳杳欲誰通。
不堪翠減紅銷際，更在江清月冷中。
擬欲青房全晚節，豈知白露已秋風。
盛衰老眼依然在，莫放扁舟酒易空。

劉因（1249～1293）字夢吉，號靜修。出身金朝大臣世家，入元後開學館教書，曾應召入朝，任承德郎、右贊善大夫等職，後以母病辭官，之後以己病拒絕朝廷再度徵召。為著名理學家，以朱熹為宗，並發展出天道觀。

—注釋—

一行—**亭亭**：直立的樣子。／**不自容**：指荷莖細弱，無力自持。／**杳杳**：深遠的樣子。指香氣飄得很遠。

二行—**不堪**：無法忍受。／**翠減紅銷**：指綠葉飄落、紅花凋謝。

三行—**擬**：打算。／**青房**：指蓮蓬。／**全**：保全。／**晚節**：晚年。／**豈知**：哪裡知道。／**白露**：節氣名，約在每年九月七至九日間。

四行—**扁舟**：小船。

＊賞讀譯文請見二六三頁

真希：

好可惜，我原本期待你們能有好結果的……不過，勉強得來的愛情不會快樂，單身也未必不好。我想，妳一定會像妳畫的漫畫那樣，找到自己的「剛剛好」狀態。（不過，妳有一陣子沒畫新作了，是因為心情紛亂的關係嗎？）

暑假又將近尾聲了，我女兒就要升上小學五年級，兒子也要升上幼稚園小班。有了孩子之後，一年裡，除了過年和自己的生日之外，還有孩子的生日、暑假後的開學等，多次的紀念時刻輪番提醒著我，又有多少時間流逝而過。雖然回顧起來，並不覺得自己有虛度這些日子，卻還是忍不住要感嘆一番。光是我倆的通信裡，我就說過許多次了吧。

這次，我選讀劉因的〈秋蓮〉，詩人描寫日漸凋萎頹靡的秋蓮姿態，在冷冽月光的照耀下更顯得淒清，就連青綠的蓮蓬也抵擋不住的秋風吹襲，進而興嘆「盛衰老眼依然在，莫放扁舟酒易空」。

在看盡了世事變化後，要如何保有一雙純真的眼呢？若不相信這世界的本質或根源是美善的，或許會有「一切又何必執著」的放棄心態吧？我不知道越過死亡之後會抵達什麼樣的另一個世界，但我想這一生所經歷的必有其意義，只是那個意義最快得等到越過死亡終點後才會揭曉。於是，世上的人們為了消除「不知為何而活」的惶惶不安，只能自己去尋找可能的答案並為此下定義，然後依循這個定義過活了。

對了，關於詩中的「莫放扁舟酒易空」，有資料解讀為「不要讓扁舟上的酒杯空著」，意指要及時行樂。但我卻認為應該是「不要乘著扁舟出航，（在鬱悶心情下），會不知不覺地以酒澆愁」。

明晴・八月

83 蟾宮曲・送春

貫雲石

問東君何處天涯。落日啼鵑，流水桃花。
淡淡遙山，萋萋芳草，隱隱殘霞。
隨柳絮吹歸那答，趁遊絲惹在誰家。
倦理琵琶，人倚秋千，月照窗紗。

貫雲石（1286～1324）本名小雲石海涯，字酸齋。維吾爾族人。官宦世家，初襲父官，後讓位給弟弟，跟隨姚燧學文。後任翰林侍讀學士、中奉大夫、知制誥等職，不久即辭官，隱居江南。擅長樂府，與號「甜齋」的徐再思齊名，世稱「酸甜樂府」。

一注釋一

一行一**東君**：《楚辭．九歌》中有祭日神的〈東君〉篇，之後演變為春神。

二行一**遙山**：遠山。／**萋萋**：茂盛。／**隱隱**：不清楚、不明顯的樣子。／**殘霞**：殘餘的晚霞。

三行一**那答**：哪裡。／**趁**：追逐。／**遊絲**：蜘蛛等蟲吐的絲。／**惹**：沾染、碰觸。／化用自北宋秦觀的〈望海潮〉：「正絮翻蝶舞，芳思交加，柳下桃蹊，亂分春色到人家。」

四行一**理**：在此指彈奏。

*賞讀譯文請見二六三頁

明晴：

今天下班後，我竟然在住處的巷口遇見佳泰，讓我嚇了一大跳。佳泰說，他是刻意來這裡等我的，因為他直覺若是約我見面，我應該會推辭（嗯，他猜對了）。他說，他有話想對我說，希望找個地方坐下來聊聊。我帶他到附近的速食店，一路上在想，他可能會說一些「希望我們能繼續當朋友」之類的話。

結果，他說，之前大家在Signac Café幫他慶祝新書出版時，我沒有出現，讓他感到有些失落。小萍注意到他悶悶不樂的樣子，便問他，是不是很在意我的存在？直到那天，他才意識到自己似乎對我懷有好感很久了。不過，因為他唯一談過的那場戀愛滿悲慘的，他不認為自己有被愛的幸福，就沒有採取什麼積極的行動。我的告白讓他又驚喜又手足無措，所以他直到現在才來找我。他又說，能遇見互相喜歡的人，真是幸運又難得的事（對他來說，算是此生第一次），他想要好好把握，問我願不願意跟他交往。

我一聽，實在驚訝得說不出話來。我沒想到自己竟然這麼幸運，都三十好幾了，還能再度遇見兩情相悅的對象，便回應他：「那就試試看吧。」誰知道交往之後會不會順利呢？

這次，我選讀貫雲石的〈蟾宮曲・送春〉，作品中一如其名地抒發著送春時的心情感受。我最喜歡「淡淡遙山，萋萋芳草，隱隱殘霞」這三個對仗句所營造的韻律感，以及所烘托出的淡淡感傷氛圍。相較於其他充滿哀怨的傷春詩詞，這首散曲所傳達的情緒並不濃烈，而是以探問春天蹤跡的方式，來抒發心中的百般無奈。

真希・九月

84 小桃紅・戍樓殘照

盍西村

戍樓殘照斷霞紅，只有青山送。
梨葉新來帶霜重。
望歸鴻，歸鴻也被西風弄。
閒愁萬種，舊遊雲夢，回首月明中。

盍西村

生卒年不詳，歷代元曲相關書籍中亦有盍志學、盍志常之稱。

—注釋—

一行—**戍樓**：邊境的軍用瞭望高樓。／**殘照**：落日餘光。／**斷霞**：片段的雲霞。／**送**：送別。

二行—**新來**：近來。

三行—**歸鴻**：歸返的鴻雁。鴻雁又稱大雁，是一種候鳥，於春季返回北方，秋季飛到南方越冬。／**弄**：擺布、玩弄。

四行—**閒愁**：無端無謂的憂愁。／**舊遊**：昔日遊覽的情景。／**雲夢**：指如雲和夢般渺茫。／**回首**：回想，回憶。／化用自南唐李煜〈虞美人〉的「故國不堪回首月明中」。

*賞讀譯文請見二六四頁

真希：

沒想到，妳和佳泰之間竟然峰迴路轉地有了好結果。真心祝福你們喔！

因為這件事，我心血來潮地計算了我和文杰在一起的時間，竟然已經十五年，結婚至今也十二年了。我和他交往三年，在大學畢業後沒多久就嫁給他，如今回想起來，似乎太早決定終身大事了。我們當初為什麼會做這樣的決定呢？……因為沒有不這麼做的理由。感情穩定，也從事相對穩定的教職與農會工作，就順理成章地走向人生的下一步——結婚生子。

其實，我偶爾也會羨慕單身者的自由自在，不必想太多就可以出門旅遊十天半個月。不過，有伴侶和孩子的生活是另一種幸福。兩者無法互相取代。

我又算了一下，距離小兒子的青春期，大約還有十年左右，我能夠和孩子這麼親密相依的歲月，就只有這幾年了。親子間的感情再好，在孩子長大之後，平均起來每個月能分給父母的時間，很少超過十分之一吧。一想到這裡，我就覺得應該要好好珍惜及把握這些日子。

這次，我選讀盍西村的〈小桃紅・戍樓殘照〉，作品中充滿了遊子的悲秋心情。落日殘霞映照著邊境的瞭望高樓，遠方只見青山佇立。梨葉上的白霜越來越重，歸鴻也被日漸強勁的西風吹得難以前行。看著這幅寂寥的暮秋傍晚景色，各種愁悶湧上心頭，往日一切如雲亦如夢般地消逝，一回神，只見夜空裡已高掛著明月。

根據資料，這是作者盍西村所寫的「臨川」或「鯨川」八景之一，其他還有「東城早春」、「西園秋暮」、「江岸水燈」、「金堤風柳」、「客船晚煙」、「市橋月色」、「蓮塘雨聲」等。由於作者生平不詳，很難判斷「臨川」或「鯨川」何者為正解。不過，臨川在江西省內，與這首散曲所描繪的情景相符，至於「鯨川」到底是在哪裡，我就沒有查到相關資料了。

明晴・九月

85 小桃紅・雜詠

盍西村

綠楊堤畔蓼花洲，可愛溪山秀。
煙水茫茫晚涼後。
捕魚舟，衝開萬頃玻璃皺。
亂雲不收，殘霞妝就，一片洞庭秋。

【注釋】

一行【**蓼花**：蓼是水陸兩棲草本植物，開粉紅或玫瑰紅色穗狀花序，六至九月開花。／**可愛**：討人喜愛。／**秀**：秀麗。

二行【**煙水**：水面上煙霧籠罩。／**茫茫**：廣大無邊。

三行【**萬頃**：百萬畝，以誇飾手法形容面積廣闊。／**玻璃**：又稱玻瓈、水玉，在古代指稱水晶，也用來比喻平靜澄澈的水面。

四行【**亂雲**：紛亂的雲。／**殘霞**：殘餘的晚霞。／**妝**：妝扮。／**就**：完成。／**秋**：秋色，秋日景色。

＊賞讀譯文請見二六四頁

明晴：

這次，我選讀盍西村的〈小桃紅・雜詠〉，散曲中所寫的也是秋景，卻充滿了歡愉的心情。栽滿綠楊柳的長堤襯著開滿蓼花的湖中沙洲，搭配後方的青山，真是一幅可愛秀麗的風景。入夜變涼後，水面上籠罩著廣大無邊的煙霧，捕魚舟輕快地行過玻璃般的水面，捲出一道道皺紋般的波浪，遠方還有殘留的雲朵和晚霞餘暉，妝點出這幅美麗的洞庭湖秋景。不知道作者本來就很喜歡洞庭湖，還是這幅美景打動了他的心，讓他愛上洞庭湖呢？

我對佳泰對我的心意，其實也有類似的疑惑。雖然我相信他是個真誠的人，還是不免猜測：他會不會是因為想要有個伴，才會在我告白之後，說他對我有好感？在第一次正式約會時，我猶豫了好久，最後還是決定開口問清楚。

他說，其實從第一次見到我時，就對我有種似曾相識的感覺，總是會想要跟我多聊幾句，偶爾也會冒出「如果能和真希交往，應該很不錯！」的想法，但內心的障礙讓他不自覺地逃避這樣的心情，直到小萍點出這件事，他才開始正視自己對我的感覺。

我又問，要是我沒有告白，他會怎麼做呢？他說，也許會觀望一陣子，如果確定自己真的愛上我了，他一定會告白的。而我的告白，的確推了他一把。最後，他還問我，真的願意跟這樣的他在一起嗎？

看來，我們倆對愛情都充滿了惶恐又不安的心情。

真希・九月

86 沉醉東風・秋日湘陰道中

趙善慶

山對面藍堆翠岫，草齊腰綠染沙洲。
傲霜橘柚青，濯雨蒹葭秀，隔滄波隱隱江樓。
點破瀟湘萬頃秋，是幾葉兒傳黃敗柳。

趙善慶（不詳～1345年後）或名趙孟慶，字文賢或文寶。元代鍾嗣成的《錄鬼簿》中，記載其「善卜術，任陰陽學正」。

—注釋—

題—**湘陰**：湖南省湘陰縣，在洞庭湖南岸。

一行—**藍**：指深濃的樹色。／**岫**：峰巒。

二行—**傲**：不屈服的。／**濯雨**：雨水沖洗。／**蒹葭**：荻草和蘆葦。／**秀**：泛指草木開花。／**滄波**：青綠色的波浪。／**隱隱**：隱約。／**江樓**：臨江而建的樓閣。

三行—**點破**：道破，點穿。／**瀟湘**：瀟水和湘水。／**萬頃**：百萬畝，以誇飾手法形容面積廣闊。／**傳**：表達、表現。／**敗**：腐爛、凋殘。

*賞讀譯文請見二六五頁

真希：

這次，我選讀趙善慶的〈沉醉東風・秋日湘陰道中〉，也是一首描寫秋景的散曲。它沒有〈小桃紅・戍樓殘照〉（一八四頁）的濃郁悲愁，也不似〈小桃紅・雜詠〉（一八六頁）的那般歡快，而是介於兩者之間，平靜地寫出秋景之美，最後以「傳黃敗柳」點出秋季正是樹葉開始枯黃凋落的蕭瑟季節。三首連續賞讀下來，還滿有趣的。

情侶在交往初期，總是會充滿不安的心情，不確定對方的心意是否為真，甚至不確定自己有沒有搞錯自己的心意，也不確定交往的決定是否正確，尤其是有過分手經驗的人，更是會對愛情的本質抱持著懷疑的態度。直到日積月累的相處後，逐漸熟悉對方，也摸索出兩人都自在的互動模式，才會有比較踏實的感覺吧。

其實，就算是結婚多年的夫妻，也難免會發生口角。像是我和文杰，時不時就會為了家事的分配吵個幾句。基本上，我們一直採「默契」分工，絕大部分的日常家事都是由我來做，至於倒垃圾及回收物品，我就「讓」給文杰負責。但他通常不會主動把回收物品拿出去，總是在我三催四請後才肯行動。若我多催幾句，他覺得煩了，就會叫我自己處理；但我在意公平性，便不想做這件他該負責的家事，然後我們就會展開一輪夫妻間常有的「誰的付出比較多」的爭論……但其實，我們到最後都不會有什麼改變或調整，在抱怨一番後又回到日常正軌，好像有讓對方聽見自己的心聲就夠了……（這是夫妻生活的樂趣？）

我並非認為夫妻間要斤斤計較，什麼都算得一清二楚，但要有大致公平的狀態，各自在強項上多付出一點，互補不足，夫妻間才有彼此照顧的親密和幸福感吧。

明晴・九月

87 天仙子・春恨

陳子龍

古道棠梨寒惻惻，子規滿路東風濕。
留連好景爲誰愁，歸潮急，暮雲碧。
和雨和晴人不識。

北望音書迷故國，一江春水無消息。
強將此恨問花枝，嫣紅積，鶯如織，
我淚未彈花淚滴。

陳子龍（1608～1647）
初名介，字臥子、懋中、人中，號大樽、海士、軼符等。與李雯、宋徵輿共創雲間詞派。曾任紹興推官。明亡後，在太湖結兵準備抗清，因事跡敗露被捕後，投水自盡。

注釋

一行——**棠梨**：一種野生梨子，果實小，又名豆梨。／**惻惻**：寒冷。另有版本為「側側」。／**子規**：杜鵑鳥。初夏時常晝夜不停啼叫，叫聲類似「不如歸去」。相傳為商周至春秋時代之間的古蜀君主杜宇之魂所化，又叫杜宇、鶗鴂、啼鴂、鷞鴂。／**東風**：春風。

二行——**歸潮**：退潮。／**暮雲**：傍晚的雲。

三行——**不識**：不了解、不清楚。

四行——**北望**：向北望。／**音書**：音訊，書信。

五行——**強**：勉強。／**嫣紅**：指落花。／**如織**：指如織布機的梭子。

六行——**我淚未彈花淚滴**：化用杜甫〈春望〉的「感時花濺淚」。

＊賞讀譯文請見二六五頁

明晴：

這次，我選讀陳子龍的〈天仙子．春恨〉。身為愛國志士的詞人，運用春景抒發著對國家局勢的茫然與悲愁。在古典詩詞裡，大多是藉由暮春的零落景致，來感嘆美好春光（時光）的易逝，也有不少是直接讚賞春景的美麗，然而在這首詞裡，卻用「歸潮急」、「鶯如織」等，為春天注入少有的緊張不安感，彷彿有什麼危機即將到來。但是，「棠梨寒惻惻」卻讓我有些在意它的季節正確性，畢竟梨子的結果期是在秋季，或者詞人指的是棠梨花，而非果實？

說到不安，前幾天，佳泰問我，如果亞翔又回來找我的話，我會選擇誰？讓我有些驚訝。明明是我先告白的，他卻害怕我心裡還留有前男友的身影。我坦白回答，畢竟亞翔是我曾經喜歡過的人，而且他也沒有做出什麼傷害我的事，我對他的好感或多或少還是存在的，但我已經沒有想和他在一起的心情了。之前，我不敢奢望自己還能再談一次戀愛，但自從跟佳泰交往之後，我有種很踏實的感覺，心裡也越來越常浮現兩人攜手共度未來的畫面，如果可以，我希望我們能一直在一起。

我也反問他，雖然他的舊愛已經結婚，但他真的放下她了嗎？他說，經過這麼多年，現在的她已經不是當年他所喜歡的那個人。就算仍懷有好感，也只是希望她能幸福的程度。

我們倆活到這把年紀，在感情上各有各的過往，都已不是一張白紙。這些過往成就了現在的我們，是無法抹去的事實（若我沒有跟弘宇交往，也就不會與佳泰相識了吧？）我們所能做的，不是深陷在往事的牢籠裡，而是做出新的選擇，寫下新的故事吧。

真希．十月

88 由畫溪經三篛入合溪

余懷

畫舫隨風入畫溪，秋高天闊五峰低。
綠蘿僧院孤煙外，紅樹人家小閣西。
篛水長清魚可數，篁山將盡鳥空啼。
桃源彷彿無尋處，楓葉紛紛路欲迷。

余懷（1616～1696）
字澹心、無懷，號曼翁、廣霞、壺山外史、寒鐵道人、鬘持老人。明末時，曾以布衣入南京兵部尚書幕府。明朝滅亡後，曾參與明朝皇族及官員組成的南明政權之黨爭。南明滅亡後，隱居蘇州專心著書，賣文為生。

注釋

題—**畫溪、三篛、合溪**：皆為浙江境內的溪流。

一行—**畫舫**：裝飾華美的遊船。／**秋高**：秋日天空澄澈、高爽（高而清朗）。／**五峰**：山名。

二行—**綠蘿**：綠色藤蘿。／**小閣**：小閣樓。

三行—**篛水**：三篛的溪水。／**篁山**：竹林遍布的山。／**盡**：結束。

四行—**紛紛**：多而雜亂的樣子。／化用晉代陶淵明的〈桃花源記〉，「楓葉紛紛」對應「落英繽紛」，「路欲迷」對應「遂迷不復得路」。

*賞讀譯文請見二六六頁

真希：

看起來，妳和佳泰交往得還算順利嘍？你們倆能夠坦承將心中的不安說開，是很好的開始。妳和他在一起的感覺，與亞翔、弘宇有什麼不同嗎？真心期待你們能成為彼此的幸福。

這次，我選讀余懷的〈由畫溪經三篛入合溪〉，作者沿著溪流前行，在如實描寫眼前所見的美麗景致外，也聯想到陶淵明〈桃花源記〉中捕魚人緣溪行後所見的景色及經歷，以應時的「楓葉」取代「落英」，也期待能尋得桃花源。作者生於亂世，亦曾參與複雜的政治，卻能寫出如此清麗的賞景詩，不挾帶一絲怨憤，實屬難得，真不知作者是如何轉換心境的？抑或是美麗的風景暫時撫平了他的怨憤情緒？

最近，我們家又有了新的生活型態。因為大女兒不想再學直排輪競速，我和文杰便在小兒子上課的同時，與大女兒一起在附近的空地上打一對二的三人羽毛球，順便關注小兒子上課的情形。不過，小兒子也嚷著要跟我們一起打羽毛球，所以在他上完課後，我們會輪流陪他打；畢竟他還太小，也不夠熟練，暫時沒辦法以雙打形式一起打。對了，我家小兒子最近也學會騎自行車了。

呼！總算等到小兒子夠大了，可以隨意安排活動。我們正在討論，是不是要全家一起去騎一騎各地的自行車道，或是體驗露營活動。（雖然有些人會直接把小娃兒帶到野外去露營，但小娃兒的情緒難以掌控，也幾乎沒有生活自理能力，我實在不想把自己搞得灰頭土臉，還要擔心會影響到他人的安寧。）

明晴・十月

89 臨江仙・寒柳

納蘭性德

飛絮飛花何處是，層冰積雪摧殘。
疏疏一樹五更寒。
愛他明月好，憔悴也相關。
最是繁絲搖落後，轉教人憶春山。
湔裙夢斷續應難。
西風多少恨，吹不散眉彎。

納蘭性德（1655～1685）
原名成德，為避太子名諱而改為性德。字容若，滿洲正黃旗人。家世顯赫，文武兼修，二十二歲時補考殿試，受賜進士出身。與徐乾學一同編著《通志堂經解》，並擔任康熙御前侍衛。因首任妻子早逝而寫有許多悼亡詞。三十歲時因急病過世。與朱彝尊、陳維崧並稱「清詞三大家」。

注釋

一行—**花**：指楊花，即柳絮。／**摧殘**：指摧殘著柳絮。

二行—**疏疏**：稀疏。／**五更**：舊時把一夜分為五更，即一更、二更、三更、四更、五更。第五更為天將明時。

三行—**明月好**：明月美好無私。／**關**：關切、關懷。

四行—**最是**：正是。／**繁絲**：繁茂的柳絲，暗喻女子的柳眉。／**春山**：春日的山，亦指女子的眉毛。

五行—**湔裙夢**：涉水濺溼衣裙來相會的夢。化用李商隱〈柳枝〉序文的典故：「柳枝，洛中里娘也。……指曰：『……後三日，鄰當去濺裙水上，以博山香待，與郎俱過。』」

*賞讀譯文請見二六七頁

明晴：

老實說，在我和佳泰交往之後，的確免不了會在心中比較這次的戀情與之前兩段有何不同。

我和亞翔在一起時，兩人還是懵懂的青少年，對自己和這個世界都不太了解，是一起摸索、互相影響及學習的關係，最後讓我們倆都走上學習動畫這條路，從事相關工作。後來，我和弘宇交往時，因為彼此年紀的關係，幾乎一開始就有「以結婚為前提來交往」的默契，也許是太過專注於未來了，凡事都以理性來考量，反而讓我們無法投入在當下的感情互動，最後才會讓第三者有介入的機會吧。

至於我和佳泰，兩人都是在對愛情不抱期待的狀態下，從熟悉的朋友慢慢演變成互相喜歡，因為早就熟知並能接受對方的許多面向，也喜歡對方的某些特質，所以在相處都能尊重彼此原本的樣子，雖然難免會有需要磨合的地方，但不太會要求對方做什麼改變。能讓人保有自我的愛情，是不是能走得比較長久呢？

這次，我選讀納蘭性德的〈臨江仙・寒柳〉，詞人以「柳」為主題，上片描寫暮春柳絮紛飛、柳葉稀落的憔悴模樣，下片則巧妙將「柳葉」與「眉」連結在一起，融入許多典故，傾訴心中的思念之情。

不過，我覺得「層冰積雪摧殘」比較像是初春的景致。但有資料提到，「層冰積雪」出自《楚辭・招魂》的「增冰峨峨，飛雪千里些」，或許指的是不知飄落何處的柳絮之孤寂，是一種情境上的「寒冷」，而非季節上的。

真希・十月

90 南鄉子

飛絮晚悠颺

納蘭性德

飛絮晚悠颺，斜日波紋映畫梁。
刺繡女兒樓上立，柔腸，
愛看晴絲百尺長。

風定卻聞香，吹落殘紅在繡床。
休墮玉釵驚比翼，雙雙，
共唼蘋花綠滿塘。

注釋

一行—**飛絮**：飄飛的柳絮。／**晚**：傍晚。／**悠颺**：飄動。／**畫梁**：繪有彩畫的梁柱。

二行—**柔腸**：委婉的內心情感。

三行—**晴絲**：指蟲類所吐出的、在空中飄蕩的細絲。

四行—**風定**：風停。／**殘紅**：殘存的花朵。／**繡床**：刺繡時綳緊織物用的架子。

五行—**休墮**：不要掉落。／**比翼**：比翼鳥，相傳是一雄一雌並翅雙飛的鳥。在此指鴛鴦。

六行—**共唼**：一起吸食。唼，音同「煞」。／**蘋**：指白蘋、水蘋，為水生植物，夏末秋初開白色花。

*賞讀譯文請見二六七頁

真希：

這次，我選讀納蘭性德的〈南鄉子〉，也是一首以暮春為季節背景的詞，卻不似〈臨江仙・寒柳〉（一九四頁）那般惆悵，而是縈繞著少女懷春的心情，雖有「斜日」、「殘紅」等事物將到盡頭的元素，但最後的「休墮玉釵驚比翼，雙雙，共唼蘋花綠滿塘」，讓整首詞變得可愛生動起來。

這是少女才會有的心情吧！看到成雙成對的情侶，幻想著自己有一天也能談一場美麗的戀愛。等到逐漸長大，來到二十多歲之後，若是經歷了感情創傷，或是遲遲沒有談戀愛的機會，就不免多一分「怨」在心中，感嘆自己沒有福分，也嫉妒那些有伴侶的人。就像妳對愛情的態度，也隨著感情的經歷而不斷改變。說不定，妳和佳泰是在最好的時間點遇見彼此。

最近，我女兒經常提到班上有誰喜歡誰的事。之前我總是聽完就作罷，沒有多說什麼，但聽多了之後，我就忍不住試探她，是不是也有喜歡的人，然後又叮嚀她：「如果妳有喜歡的男生，可以喜歡；但若要交往，等到大學之後再說吧！」我知道有些孩子比較早熟，緣分來得比較早，也許從高中就開始談戀愛（就像妳，呵），想阻止也阻止不了。但身為母親，我還是想給她一個比較保守的時間點。

明晴・十月

91 秋暮吟望

趙執信

小閣高棲老一枝，閒吟了不為秋悲。
寒山常帶斜陽色，新月偏明落葉時。
煙水極天鴻有影，霜風卷地菊無姿。
二更短燭三升酒，北斗低橫未擬窺。

趙執信（1662～1744）
字伸符，號秋穀、飴山。十八歲登進士第後，曾任山西鄉試正考官、右春坊右贊善、翰林院檢討、左贊善等職。二十八歲時，因在佟皇后喪葬期間受邀觀看戲劇，被彈劾革職。之後終身不仕，漫遊各地及創作，主張「文意為主，以語言為役」。

注釋

一行——**高棲**：隱居。／**老一枝**：指終老山林。一枝引自《莊子．逍遙遊》：「鷦鷯巢林，不過一枝。」／**閒吟**：隨意吟唱。／**了**：完全。

二行——**寒山**：冷落寂靜的山。

三行——**煙水**：煙霧瀰漫的水面。／**極天**：達到天空。／**鴻有影**：鴻雁投影於水上。／**霜風**：刺骨寒風。

四行——**二更**：舊時把一夜分為五更，二更為晚上九點至十一點。／**北斗**：北斗七星。／**未擬窺**：不打算看。

*賞讀譯文請見二六八頁

明晴：

前幾天，我跟杏娟、意瑄聊起我和佳泰交往的事。她們說，大家早就覺得我們倆很登對，也曾經趁我們倆都不在時討論過這個話題。但大家都認為，我們倆都是越撮合就會躲得越遠的人，便決定靜觀其變，有機會再出手推一把就好。沒想到，我們倆真的「不負眾望」地在一起了，大家都很開心。她們還說，如果我打算和佳泰同居，不必顧慮這裡的房租問題，她們會看情況應變。畢竟大家都三十多歲了，能遇到有緣人就好好把握。

我現在還沒有想到什麼同不同居的事，但聽了這些話，讓我好感動，也覺得自己好幸運，能有這些關心我、愛護我的好朋友陪在身邊。這樣的好心情也反映在我的《剛剛好》漫畫中，最近的產量很豐富，連自己都感到意外。

這次，我選讀趙執信的〈秋暮吟望〉，詩人雖然先說「閒吟了不為秋悲」，卻緊接著開始抒發濃烈的悲秋心情：夕陽時分的幽暗山色，一彎新月偏偏照在落葉上，煙霧瀰漫的水面上有鴻雁的孤獨投影，菊花在霜風的吹襲下已經凋萎，美麗姿色盡失，獨自點燭飲酒一整夜，對於窗外北斗七星低橫、曙光將露的景色，一點興趣也沒有。

趙執信在經歷十年的仕途後，漫遊各地三十多年。在現代人眼中，會忍不住羨慕這種不必工作、一邊漫遊各地一邊寫詩，似乎不必擔心營生問題的生活，但也許詩人心中滿懷著理想無法實現的苦悶吧。

真希・十一月

㉒ 太湖舟中

孫原湘

只有天圍住，清光萬頃圓。
四無雲障礙，一氣水澄鮮。
日映鷺皆雪，風吹帆欲仙。
蓮花波上立，知是莫釐顛。

孫原湘（1760～1829）
字子瀟、長真，晚號心青。登進士第後，曾任翰林院庶起士、武英殿協修等職，不久即因病告假不仕，先後主持多家書院的講席。

注釋

一行—**清光**：指波光。／**萬頃**：百萬畝，以誇飾法形容面積廣闊。

二行—**障礙**：阻礙；阻擋。／**一氣**：一片。／**澄鮮**：潔淨。

三行—**欲仙**：指飄飄欲仙；輕飄上升，好像要離開塵世變成神仙。

四行—**莫釐**：山峰的名稱。／**顛**：頂端。

＊賞讀譯文請見二六八頁

真希：

這次，我選讀孫原湘的〈太湖舟中〉，詩中描寫乘船來到太湖湖心，在廣闊天空的包圍下，湖面閃耀著波光，猶如一面大圓鏡。萬里無雲，湖水清澈。白鷺的羽毛在陽光的照耀下宛如雪般純白；風吹帆動，彷彿身在仙境裡飄飄前行；而宛如一株蓮花挺立於水面上的是不遠處的莫釐峰頂。如此美麗的景色，真是讓人心生嚮往。

前幾天，我們一家四口竟然同時得了重感冒，全都發高燒，請假在家裡休息。本來應該躺在房間裡睡覺的，但我們覺得這樣實在太無聊了，便把棉被都搬到客廳，邊看電視邊休息，累了就直接睡。雖然很多人都批評不該太常看電視，但我認為有很多資訊性節目都是經過用心企畫、拍攝及剪輯之後的作品，也不失為吸收知識的好方法。

純文字的閱讀，例如賞讀這首詩，可以引發人們想像出各自的「太湖舟中」風景；若是藉由電視畫面看到真實的「太湖舟中」風景，也會有出乎個人想像的收穫，兩者各有優點。

所以，我滿樂意坐在家中看國內外的旅遊節目，既省去了舟車勞頓，也因為節目中多半會訪問一般觀光客造訪時不會遇到的那些幕後工作人員，而更能深入認識該景點的故事。當然，自己親身前去旅遊時，也會隨著行程及際遇不同而有其他收穫，有另一種優點。

明晴・十一月

93 水調歌頭・春日賦示楊生子掞

二首

張惠言

・其一

東風無一事，妝出萬重花。
閒來閱遍花影，惟有月鉤斜。
我有江南鐵笛，要倚一枝香雪，吹徹玉城霞。
清影渺難即，飛絮滿天涯。

飄然去，吾與汝，泛雲槎。
東皇一笑相語，芳意在誰家。
難道春花開落，更是春風來去，便卻了韶華。
花外春來路，芳草不曾遮。

張惠言（1761～1802）

原名一鳴，字皋文，一作皋聞，號茗柯。家境清貧。中舉人後，考取景山宮官學教習，教授官宦子弟。中進士後，曾任實錄館纂修官、翰林院編修。與張琦合編《詞選》，開常州詞派，著有《茗柯文集》。四十二歲時卒於官。

注釋

一之一行—**東風**：春風。／**妝**：修飾容貌。／**萬重**：形容很多層。

一之二行—**鉤**：彎曲的。

一之三行—**鐵笛**：鐵製的笛管。相傳隱者、高士善吹此笛，笛音響亮。／**香雪**：白色的花，或指梅花。／**玉城**：神仙所居之地。／**霞**：雲霞。

一之四行—**清影**：玉城的霞影。／**渺**：模糊不清。／**即**：靠近。／**飛絮**：飄飛的柳絮。／**天涯**：天邊，指遙遠的地方。

一之五行—**雲槎**：指浮槎。傳說中來往於海上和天河之間的木筏。槎，音同「查」。／出自《論語・公冶長》：「道不行，乘桴浮於海，從我者其由與！」

一之六行—**東皇**：春神。／**相語**：相互談說。／**芳意**：春意。

一之七行—**了卻**：結束。／**韶華**：美好的時光。

• 其二

珠簾卷春曉，胡蝶忽飛來。
遊絲飛絮無緒，亂點碧雲釵。
腸斷江南春思，黏著天涯殘夢，剩有首重回。
銀蒜且深押，疏影任徘徊。

羅帷卷，明月入，似人開。
一尊屬月起舞，流影入誰懷。
迎得一鉤月到，送得三更月去，鶯燕不相猜。
但莫憑欄久，重露濕蒼苔。

二之一行—**卷**：通「捲」。／**曉**：破曉，天亮。／**胡蝶**：蝴蝶。

二之二行—**遊絲**：蜘蛛等蟲吐的絲。／**飛絮**：飄飛的柳絮。／**緒**：次序。／**碧雲釵**：有碧雲紋飾的髮釵，代指美麗的女子。

二之三行—**腸斷**：形容極度悲痛。／**春思**：春日的思緒情懷。／**天涯**：天邊，指遙遠的地方。／**殘夢**：零亂不全的夢。／**首**：頭，腦袋。

二之四行—**銀蒜**：銀質蒜頭形簾墜，用以壓簾幕。／**押**：壓制。／**疏影**：指窗外景色的疏落影子。

二之五行—**羅帷**：絲製帷幔。

二之六行—**一尊**：一杯。／**屬月**：敬月。／**流影**：指月光。

二之七行—**一鉤**：用於形容新月。／**三更**：即半夜，子時，為晚上十一點到一點。／**鶯燕**：黃鶯與燕子。泛指春鳥。／**不相猜**：不相計較。

二之八行—**憑欄**：倚靠欄杆。／**蒼苔**：青色苔蘚。

*賞讀譯文請見二六九頁

明晴：

你們一家都順利康復了嗎？最近天氣忽冷忽熱，真的很容易感冒，要多保重喔。

佳泰的工作內容，就跟妳所說的那些節目拍攝人員很相似，所以也常能得知許多幕後祕辛。最近，佳泰在幾經思考後，決定要展開下一本書的寫作計畫，我便請了幾天特休假，陪他一起去做田野調查，順便進行兩人首次的單獨旅行（之前跟著他去採訪時，是當天來回）。

在出發前，我就決定不要勉強自己去配合他的步調或想法，一定要用最真實的自己面對他，沒想到我們倆在旅程中意外地合拍，就算偶有不同意見，也能很快就得出結論。這讓我不禁開始期待，或許這會是一段可以白頭偕老的戀情……

這次，我選讀張惠言的〈水調歌頭・春日賦示楊生子掞〉，是作者為了鼓勵學生李子掞勇於「求儒家之道」而作的一組詞，總共有五首，我挑出比較有畫面感的第一和第三首，但我覺得五首一起賞讀，比較能夠理解作者想要表達的意涵，如下：

・其一：東風無一事，妝出萬重花。閒來閱遍花影，惟有月鉤斜。我有江南鐵笛，要倚一枝香雪，吹徹玉城霞。清影渺難即，飛絮滿天涯。／飄然去，吾與汝，泛雲槎。東皇一笑相語，芳意在誰家。難道春花開落，更是春風來去，便了卻韶華。花外春來路，芳草不曾遮。

・其二：百年復幾許，慷慨一何多。子當為我擊築，我為子高歌。招手海邊鷗鳥，看我胸中雲夢，蒂芥近如何。楚越等閒耳，肝膽有風波。／生平事，天付與，且婆娑。幾人塵外相視，一笑醉顏酡。看到浮雲過了，又恐堂堂歲月，一擲去如梭。勸子且秉燭，為駐好春過。

・其三：疏簾卷春曉，蝴蝶忽飛來。遊絲飛絮無緒，亂點碧雲釵。腸斷江南春思，黏著天涯殘夢，剩有首重回。銀蒜且深押，疏影任徘徊。／羅帷卷，明月入，似人開。一尊屬月起舞，流影入誰懷。迎得一鉤月到，送得三更月去，鶯燕不相猜。但莫憑欄久，重露濕蒼苔。

・其四：今日非昨日，明日復何如。竭來真悔何事，不讀十年書。為問東風吹老，幾度楓江蘭徑，千里轉平蕪。寂寞斜陽外，渺渺正愁予。／千古意，君知否，只斯須。名山料理身後，也算古人愚。一夜庭前綠遍，三月雨中紅透，天地入吾廬。容易眾芳歇，莫聽子規呼。

・其五：長鑱白木柄，劚破一庭寒。三枝兩枝生綠，位置小窗前。要使花顏四面，和著草心千朵，向我十分妍。何必蘭與菊，生意總欣然。／曉來風，夜來雨，晚來煙。是他釀就春色，又斷送流年。便欲誅茅江上，只恐空林衰草，憔悴不堪憐。歌罷且更酌，與子繞花間。

詞中的「春天」並非指表面上的季節，而是內心的春天（一個生機盎然的世界）。「其一」的重點，在於心境或心所見的儒家之道，不受花開花落的影響，始終存在。「其二」指時光匆匆、歲月如梭，在看輕得失之外，也要把握美好時光。「其三」指曾經熱切追求的事物都已落空，最後只剩下傷心回憶，不應該過度倚賴外在世界及他人。「其四」指人世無常，最重要的是透過讀書來精進及豐富的內心世界。「其五」指生命中雖有苦難，但只要勇於面對、樂觀承受，就能找到屬於自己內心的春天。但我覺得，要參透作者詩中的深意，真是需要很高的悟性。

真希・十一月

94 浣溪沙・從石樓石壁往來鄧尉山

鄭文焯

一半黃梅雜雨晴，虛嵐浮翠帶湖明，閒雲高鳥共身輕。

山果打頭休論價，野花盈手不知名，煙巒直是畫中行。

鄭文焯（1856～1918）

字俊臣，號小坡、叔問，晚號鶴、鶴道人等。工詩詞，擅書畫，懂醫道。少時曾隨父宦游，中舉人後，曾任內閣中書。因多次會試不中，棄官南遊，旅居蘇州，任江蘇巡撫幕僚。辛亥革命後，居住上海行醫，兼賣書畫。著有《大鶴山房全集》。

｜注釋｜

題｜**鄧尉山**：位在今江蘇市，相傳東漢太尉鄧禹辭官後隱居於此而得名。

一行｜**黃梅**：黃熟的梅子。／**雜**：夾雜。／**嵐**：山中的霧氣。／**翠**：青綠色的。／**帶**：呈現。

二行｜**閒雲**：悠然飄浮的雲。／**高鳥**：高飛的鳥。／**共**：相同。

三行｜**論價**：討論價格。／**盈手**：滿手。

四行｜**煙巒**：雲霧籠罩的山巒。／**直是**：真是。

＊賞讀譯文請見二七〇頁

真希：

謝謝妳的關心！我們大致都恢復健康了，只剩下惱人的咳嗽，正在吃中藥調理。對我來說，中藥比較能夠改善咳嗽症狀。

對了，既然妳和佳泰的感情這麼穩定，妳有讓爸媽知道你們交往的事嗎？還是妳擔心他們會催婚，所以選擇不說呢？

這次，我選讀鄭文焯的〈浣溪沙・從石樓石壁往來鄧尉山中〉，詞人在梅子轉黃、忽晴忽雨的梅雨季裡，於山間漫步，看到湖面上倒映著翠綠山景，閒雲與飛在高空的鳥兒一派輕盈的模樣；還說，被掉落的山果打到頭時，別去管山果的價值，手裡拿著不知名的野花，走在輕煙瀰漫的山裡，就像漫步在畫中的美麗世界。

我很喜歡「虛嵐浮翠帶湖明」這句，有人認為「虛嵐浮翠」是指湖面中的遠山倒影，也有人認為是直接描述飄著煙嵐的翠綠山景，相較之下，我比較喜歡前者的情境。在鄉間，常能看到大片水田倒映著藍天白雲，總會讓人覺得世界忽然變得更廣闊了；而在南美的玻利維亞，則有一座世界最大的鹽湖被稱為「天空之鏡」，在網路上看到人們在那裡拍的照片，有種親眼看到天堂的感覺，真希望將來有一天可以親自造訪。

明晴・十一月

95

玉樓春

西園花落深堪掃

王國維

西園花落深堪掃，過眼韶華真草草。
開時寂寂尚無人，今日偏嗔搖落早。
昨朝卻走西山道，花事山中渾未了。
數峰和雨對斜陽，十里杜鵑紅似燒。

王國維（1877～1927）初名國楨，字靜安、伯隅，號禮堂、觀堂、永觀。出身書香世家，曾赴日本東京物理學校就讀，隔年即因病返國。曾任教於南通師範學校、江蘇師範學堂、清華大學等，並在《教育世界》發表大量譯作，介紹西方先進思想，研究中西哲學、文學、美學等。著有《人間詞》、《人間詞話》、《宋元戲曲考》等書。五十歲時投昆明湖自盡。

【注釋】

一行—**深堪**：非常需要。／**過眼**：經過眼前。／**韶華**：春光。／**草草**：匆忙倉促的樣子。

二行—**寂寂**：孤單，冷落。／**嗔**：責怪。

三行—**花事**：開花之事。／**渾**：完全。／**了**：結束。

四行—**燒**：指燃燒中的野火。

＊賞讀譯文請見二七〇頁

明晴：

最近發生了一些事，所以這次比較晚寫信給妳。

說來有些不好意思，我前陣子不小心懷孕了。我在發現後，仔細思考過就算佳泰不願意接受孩子，我還是可以想辦法養育，便決定要生下來。在告訴佳泰時，我也做了最壞的打算，並不想要強迫他奉子成婚。佳泰剛聽到時，的確嚇了一跳，但隨即說他會負責，也相信我們一定能組成幸福的家庭。不過，我還是給他一週的時間考慮，如果他的心意不變，我們再來談結婚的事。

但幾天後，我就意外流產了。我的心情五味雜陳，雖然很失落，卻也鬆了一口氣，因為若是真的奉子成婚，我一定會一直懷疑佳泰只是迫於責任感才娶我的。我在第一時間就告訴佳泰這件事，他也馬上來住處探望我，並表示經過這件事之後，他更加確定了自己想要陪在我身邊的心意，希望我能嫁給他。我在當下很感動，但也害怕我們只是一時被愛沖昏頭，便回覆他，若是交往一年後，他的想法還是沒有改變，我們再結婚吧。所以，我直到最近才向爸媽提起他的存在，而他也打算在元旦連假期間到我家拜訪。

這次，我選讀王國維的〈玉樓春〉，上片描述人們直到園中的花兒都落盡了，才感嘆時光匆匆，卻不曾在花開時好好欣賞，總在過後感嘆花落得太早；下片轉而描述山徑上的紅杜鵑，在晴雨不定的季節裡仍如野火般盛開著。

雖然這首詞的上片中，感嘆「人們總是輕忽青春美好時光」的意味十分濃厚，但在我看來，這一整首詞所表達的意旨應該是「即使在某處失去什麼，還是能在某處遇見什麼美好事物」，也恰好符合我最近的心情。

真希・十二月

96 掃花游

疏林挂日　王國維

疏林挂日，正霧淡煙收，蒼然平楚。
繞林細路，聽憎憎落葉，玉驄踏去。
背日丹楓，到眼秋光如許。
正延佇，便一片飛來，說與遲暮。

歡事難再溯，是載酒攜柑，舊曾遊處。
清歌未住，又黃鸝趁拍，飛花入俎。
今日重來，除是斜暉如故。
隱高樹，有寒鴉相呼儔侶。

【注釋】

一行【**疏林**：稀疏的樹林。／**挂**：懸吊。通「掛」。／**收**：聚攏、縮合。／**蒼然**：深青色的樣子。／**平楚**：指平蕪，即平闊的原野。

二行【**細路**：小路。／**憎憎**：柔弱。／**玉驄**：青白色的馬，為駿馬的通稱。

三行【**背日**：背對著陽光。／**丹楓**：經霜泛紅的楓葉。／**到眼**：進入眼眸。／**秋光**：秋日的風光景色。／**如許**：如此多。

四行【**延佇**：佇立許久。／**一片**：指一片葉子。／**遲暮**：指黃昏；比喻晚年、老年。

五行【**載酒攜柑**：古時遊春會攜帶蜜柑和酒，後泛指遊春。出自唐代馮贄的《雲仙雜記》：「戴顒春攜雙柑斗酒，人問何之，曰：『往聽黃鸝聲，此俗耳針砭，詩腸鼓吹，汝知之乎？』」／**舊**：從前。

六行【**清歌**：清亮的歌聲。／**住**：停歇。／**黃鸝**：黃鶯。／**趁拍**：趁著拍子鳴叫。／**飛花**：飄飛的落花。／**俎**：盛肉的器皿，代指宴席。

七行【**重來**：再來。／**除是**：只有。／**斜暉**：傍晚西斜的陽光。／**故**：以前的。

八行【**寒鴉**：一種體型略小的黑色及灰色鴉。／**儔**：同類、伴侶。

＊賞讀譯文請見二七一頁

真希：

妳的身體還好嗎？聽說流產後最好要坐月子，妳有好好休養幾天嗎？多保重喔！

從這件事看來，佳泰真是個好男人，值得妳好好珍惜和把握。希望妳能拋開心裡的那些陰影和不安，好好享受這份戀情，勇敢期待你們倆能擁有美好的未來。用正面的想法，來引導戀情往好的方向發展吧！

這次，我選讀王國維的〈掃花游〉，上片描寫騎馬穿梭在林間小徑裡所見的秋日景色，「背日丹楓」正是我很喜歡的拍照主題，我喜歡仰頭拍攝被陽光穿射而過、有著微亮透明感的葉子。下片則提到重遊舊地，景物如昔，卻沒有往日舊遊相伴的寂寞，而樹上寒鴉對同伴的聲聲呼喚，更加深了這份惆悵。

對於我和文杰來說，最近重遊舊地時，都多了兩個小跟班。我們以前很喜歡走森林步道，但在孩子出生後，就算去森林遊樂區，也只能走地勢較平緩的路段。前些日子，我們再度帶孩子去走森林步道，大女兒的體力當然已能負荷，沒想到小兒子的精力也很旺盛，可以獨自走完全程；在途中，我們一邊欣賞風景，一邊帶孩子觀察植物生態，孩子們都很樂在其中。我們很開心，決定接下來要依序造訪臺灣所有的森林遊樂區。

明晴・十二月

97 虞美人・影松巒峰

侯文曜

有時雲與高峰匹，不放松巒歷歷。
望裏依岩附壁，一樣黏天碧。
有時峰與晴雲敵，不許露珠輕滴。
別是嬌酣顏色，濃淡隨伊力。

侯文曜
字夏若，康熙時人，著有《松鶴詞》、《巫山十二峰詞》。

一注釋一
題一松巒峰：山名。
一行一匹：比較、相比。／歷歷：清楚的樣子。
二行一天碧：碧天。
三行一晴雲：晴天的白雲。／敵：對抗。
四行一伊：指山峰。
＊賞讀譯文請見二七一頁

明晴：

謝謝妳的關心。我有請假休息幾天，而佳泰也訂了一週的月子餐給我吃，目前身體狀況都正常。

不過，我擔心自己是容易流產的體質，便跟佳泰討論了有關生孩子的事。我希望順其自然，不想為了生孩子而去打排卵針或是做人工受孕等等。佳泰則說，在遇到我之前，他從來沒想過自己有可能會結婚，更別說是生孩子了，所以他並沒有執著於一定要有孩子。如果能有孩子，那很好；如果沒有，只有夫妻兩人的生活也可以很精彩。我聽了，真是鬆了一口氣。

我和佳泰的價值觀真的很相近，而與之前的戀情相較，這次是最能讓我展現真正自我的一份關係了。我想，我會努力讓這份愛情維持下去的。

風景主題的最後一首詩詞，我選讀侯文曜的〈虞美人．影松巒峰〉，詞中分別從雲和山的角度，來描述雲朵和山峰的關係。有時濃雲籠罩整座山，遮掩了青松的存在，山峰彷佛與天空合而為一。有時山峰與晴天的白雲為敵，山中沒有一滴露珠，同時盡情展現山色的濃淡變化。生活在多山的臺灣，若是每天都刻意往青山所在的方向多看一眼，或許也能天天欣賞到這首詞裡描述的景色吧？

今年已到尾聲，與「風景」有關的詩詞賞讀也告一段落了，接下來，妳想賞讀什麼主題的詩詞呢？

真希．十二月

原來，古典詩詞如此美麗，又如此貼近現代生活。

詩詞・譯文——對照

（註：因版面空間有限，部分詞作的上下片譯文之間若無空行，則會在第一句標註▼符號，以便讀者對照。）

1 感遇 ／陳子昂

蘭若生春夏，芊蔚何青青。
幽獨空林色，朱蕤冒紫莖。
遲遲白日晚，裊裊秋風生。
歲華盡搖落，芳意竟何成。

蘭草和杜若在春夏生長，如此茂盛又翠綠。
其獨特風采使林間的其他花草失色，紅花從紫莖中冒出綻放。
緩緩流逝的白日即將結束，吹起了搖曳的秋風。
每年綻放一次的花朵全都凋殘了，如何成就春意？

2 夏日南亭懷辛大 ／孟浩然

山光忽西落，池月漸東上。
散髮乘夜涼，開軒臥閑敞。
荷風送香氣，竹露滴清響。
欲取鳴琴彈，恨無知音賞。
感此懷故人，中宵勞夢想。

山上的日光突然落下西邊，池上的月亮逐漸東升。
我披散頭髮地享受傍晚的涼爽，打開窗戶，躺在悠適寬敞的地方。
吹過荷花的風送來香氣，從竹葉滴落而下的露水發出清響。
我想取出琴來彈唱一曲，卻遺憾沒有知音能聆賞。
有感於此，讓我懷念起老友，甚至深夜時還疲於在夢中想念他。

3 秋登蘭山寄張五 ／孟浩然

北山白雲裏，隱者自怡悅。
相望試登高，心隨雁飛滅。
愁因薄暮起，興是清秋發。
時見歸村人，沙行渡頭歇。
天邊樹若薺，江畔洲如月。
何當載酒來，共醉重陽節。

隱者張五就住在北山上白雲籠罩之境，自得其樂地生活著。
我試著登高遙望北山，思念之情隨著大雁逐漸飛遠。
愁緒總是隨著傍晚的到來而起，興致則總是在清爽的秋日裡生發。
我時常看到正要回村子的人們，走過沙灘在渡口歇息。
天邊的樹看來如薺菜那般嬌小，江畔的沙洲則彎曲如新月。
你何不載酒過來，讓我們一起在重陽節暢飲至醉。

4 青溪 ／王維

言入黃花川，每逐青溪水。
隨山將萬轉，趣途無百里。
聲喧亂石中，色靜深松裏。
漾漾汎菱荇，澄澄映葭葦。
我心素已閒，清川澹如此。
請留盤石上，垂釣將已矣。

進入黃花川之前，我總是沿著青溪前行。
隨著山勢將會曲折多次，行經的路途不到百里。
亂石間有水聲喧嘩，松林深處景色幽靜。
水草漂浮在蕩漾的水波上，蘆葦倒映在清澈水面上。
我的心一向閒靜，清川又如此澹泊。
請讓我留在大石頭上，就這樣垂釣吧。

5

崔濮陽兄季重前山興

／王維

秋色有佳興，況君池上閒。
悠悠西林下，自識門前山。
千里橫黛色，數峰出雲間。
嵯峨對秦國，合沓藏荊關。
殘雨斜日照，夕嵐飛鳥還。
故人今尚爾，嘆息此頹顏。

秋天的景色充滿了美好的興致，何況你閒居在水池附近。
你安閒暇適地住在西面的樹林下，自然認識門前的山脈。
這座青黑色山脈橫向綿延千里，有數座山峰高聳地冒出雲間。
高峻的山勢正對著秦朝京城咸陽，你的住屋就藏在重疊的山巒裡。
斜陽照著快要停止的雨，飛鳥在傍晚的山間霧氣間返回。
你這位老友如今尚且如此，讓人不禁為我這衰老的容貌而嘆息。

6

贈裴十迪

／王維

風景日夕佳，與君賦新詩。
澹然望遠空，如意方支頤。
春風動百草，蘭蕙生我籬。
曖曖日暖閨，田家來致詞。
欣欣春還臯，淡淡水生陂。
桃李雖未開，荑萼滿芳枝。
請君理還策，敢告將農時。

傍晚的風景十分美好，我和你一起創作新詩。
我恬淡地望著遠方的天空，正用如意杖托住我的臉頰。
春風吹動百草，蘭草和蕙草生長在我家的圍籬內。
隱約迷濛的日光溫暖了屋內，農夫來我家串門子閒聊。
草木茂盛繁榮，春天已回到水岸，池塘裡的水已漲到平滿了。
桃花和李花雖然還未開放，但是其嫩芽和花萼都已經長滿樹枝。
請你準備好回去時要用的拐杖，我冒昧地告訴你，農忙時節就快到了。

7 落日憶山中 ／李白

雨後煙景綠，晴天散餘霞。
東風隨春歸，發我枝上花。
花落時欲暮，見此令人嗟。
願遊名山去，學道飛丹砂。

雨後，煙霧籠罩的景色中帶著綠意，放晴的天空裡飄散著殘霞。
春風隨著春天回來，讓枝頭上開出許多花。
花落之時，也到了春天將盡的時候。看到這個景象，實在令人感嘆（美景易逝）。
我想要去遊名山，學道士煉丹砂藥，以求成仙長生。

8 秋思 ／李白

春陽如昨日，碧樹鳴黃鸝。
蕪然蕙草暮，颯爾涼風吹。
天秋木葉下，月冷莎雞悲。
坐愁群芳歇，白露凋華滋。

昨日的陽光像春陽那般溫暖，黃鸝鳥也在綠樹上啼叫。
然而叢生的蕙草已經衰頹，涼風颯颯地吹起。
時序入秋後，樹葉紛紛落下，紡織娘在冷冷的月光下悲鳴。
我徒然地為百花衰敗而發愁，白露使得茂盛的花朵都凋落了。

9 夕霽杜陵登樓寄韋繇

／李白

浮陽滅霽景，萬物生秋容。
登樓送遠目，伏檻觀群峰。
原野曠超緬，關河紛錯重。
清輝映竹日，翠色明雲松。
蹈海寄遐想，還山迷舊蹤。
徒然迫晚暮，未果諧心胸。
結桂空佇立，折麻恨莫從。
思君達永夜，長樂聞疏鐘。

日光使得雨後景色漸漸消失，萬物展露出秋季的風采。
我登上樓送目遠望，趴著欄杆觀覽群峰。
這片原野廣闊平遠，大小關隘與河流紛雜錯縱。
月光照映著竹林，其青翠的顏色使直入雲端的松林更加明亮。
蹈海求仙一事，我只能寄託在憑空想像中；我想要退隱，卻又迷失了舊時的蹤跡。
徒然地逼近老年，我還不能調和心胸的思緒。
我像古人那樣徒然地結桂枝佇立著，折麻枝思念你，遺憾沒有追隨你。
我思念你一整夜，聽到宮裡傳來稀疏的鐘聲。

10 秋登巴陵望洞庭

／李白

清晨登巴陵，周覽無不極。
明湖映天光，徹底見秋色。
秋色何蒼然，際海俱澄鮮。
山青滅遠樹，水淥無寒煙。
來帆出江中，去鳥向日邊。
風清長沙浦，霜空雲夢田。
瞻光惜頹髮，閱水悲徂年。
北渚既蕩漾，東流自潺湲。
郢人唱白雪，越女歌採蓮。
聽此更腸斷，憑崖淚如泉。

我在清晨登上巴陵山，遍覽四周無不窮盡。
明亮的湖面倒映著天光，湖水清澈見底，展露秋天景色。
這秋景多麼廣闊，直到水天交接處都如此澄淨清新。
青色的山巒掩沒了遠方的樹林，清澈的水面上沒有寒冷的煙霧。
有帆船出現在江中航行而來，鳥兒向著白日那邊飛去。
長江浦上吹著輕涼秋風，雲夢澤上籠罩一片晴空。
我觀覽著日月的光采，憐惜我那頹落的頭髮；我看著逝去的流水，悲傷著過去的年華。
北方渚地在蕩漾的江水之間，江水兀自向東流去。
郢地人唱著楚國的白雪曲，江南女子哼著採蓮曲。
聽到這些歌聲，讓我更加悲傷，依靠著山崖，淚如泉流。

11 新林浦阻風寄友人

／李白

潮水定可信，天風難與期。
清晨西北轉，薄暮東南吹。
以此難挂席，佳期益相思。
海月破圓景，菰蔣生綠池。
昨日北湖梅，開花已滿枝。
今朝白門柳，夾道垂青絲。
歲物忽如此，我來定幾時。
紛紛江上雪，草草客中悲。
明發新林浦，空吟謝朓詩。

潮水漲落的週期是固定的，一定可以知道，但風的起停卻是難以預料。
風在清晨轉從西北方而來，到了傍晚就從東南方吹來，
因此難以揚帆啟程，讓我更加思念相會之期。
海上掛著已經不圓的明月，筊白筍生長在綠池中。
昨天北湖邊的梅花開滿了枝頭；
今天早上城門旁夾道的柳樹已垂著初生的枝條。
草木的轉變如此倏忽，我究竟是何時來到這裡的？
江上的雪紛紛落下，作客的人悲傷又憂愁。
天亮時，我就從新林浦出發，徒然吟著謝朓為此地所寫的詩。

12 謝公亭

／李白

謝亭離別處，風景每生愁。
客散青天月，山空碧水流。
池花春映日，窗竹夜鳴秋。
今古一相接，長歌懷舊遊。

在謝朓送別友人范雲的地方，我每次看到此處的風景就會發愁。
在旅人分開後，青天依舊掛著明月；在人去山空後，碧水仍然流淌不斷。
春天，池上之花倒映著日光；夜裡，窗邊竹林在風吹之下發出秋聲。
我這個今人與古人謝朓的心境相連接，便引吭高歌，懷想當年的舊遊。

13 謫仙怨 ／劉長卿

晴川落日初低，惆悵孤舟解攜。
鳥向平蕪遠近，人隨流水東西。
白雲千里萬里，明月前溪後溪。
獨恨長沙謫去，江潭春草萋萋。

晴空下的河川旁，落日剛開始低垂，孤舟載著惆悵的旅人離開了。
鳥兒朝向草木繁茂的原野忽遠忽近地飛著，人則隨著流水各分東西。
白雲能夠橫跨千里甚至萬里，明月同時照著前溪和後溪。
我獨自為友人被貶謫一事感到愁恨，這心情就像江潭旁的春草一樣茂盛。

14 秋興 ／杜甫

玉露凋傷楓樹林，巫山巫峽氣蕭森。
江間波浪兼天湧，塞上風雲接地陰。
叢菊兩開他日淚，孤舟一繫故園心。
寒衣處處催刀尺，白帝城高急暮砧。

秋天的霜露使得楓樹林零落枯萎，巫山、巫峽一帶的景象幽寂冷清。
江水間的波浪高湧連天，夔州被風雲籠罩，地面一片陰暗。
我已經看菊花叢開過兩次花了，當時也為此流淚，孤舟繫著我這一顆思念故鄉的心。
在這季節裡，到處都在趕著裁製寒衣，黃昏時分，白帝城高處傳來急促的搗衣聲。

15 涪城縣香積寺官閣　／杜甫

寺下春江深不流，山腰官閣迴添愁。
含風翠壁孤雲細，背日丹楓萬木稠。
小院迴廊春寂寂，浴鳧飛鷺晚悠悠。
諸天合在藤蘿外，昏黑應須到上頭。

香積寺下的春江，水深沉到似乎沒在流動。山腰上供人遊憩的樓閣位置深遠，增添了登山者的愁思。
風吹拂著翠綠山壁，後方有一抹細細的孤雲，背對著陽光的丹楓林看起來十分濃密。
春日裡，小院和迴廊寂靜無聲；向晚時分，野鴨泡著水，鷺鳥飛翔著，一派閒適。
香積寺應該在藤蘿之外，我在天色昏黑時應該就能走到上頭了。

16 即事　／杜甫

暮春三月巫峽長，皛皛行雲浮日光。
雷聲忽送千峰雨，花氣渾如百和香。
黃鶯過水翻迴去，燕子銜泥濕不妨。
飛閣卷簾圖畫裡，虛無只少對瀟湘。

暮春三月，長長的巫峽上空，潔白明亮的流雲上浮動著日光。
雷聲過後，天空忽然為群山送來春雨，花的氣味就像是由各種香料混合而成的香。
黃鶯飛過水面又返回，燕子銜著泥塊，淋濕了也不在意。
我在樓閣裡捲簾遙望，好像置身在圖畫裡，卻少了空曠的瀟湘風光。

17 谷口書齋寄楊補闕

／錢起

泉壑帶茅茨，雲霞生薜帷。
竹憐新雨後，山愛夕陽時。
閒鷺棲常早，秋花落更遲。
家童掃蘿徑，昨與故人期。

我家的茅屋與泉水山谷相連，彩霞總是從薜荔形成的帷幔後方冒出來。竹子在初春的雨後更加可愛，山谷景色在夕陽時分最令人喜愛。悠閒的鷺鳥時常早早就棲息了，秋天的花比其他地方更晚落下。童僕已經把長滿女蘿的小徑掃乾淨了，昨天我跟老友約好了要見面。

18 自鞏洛舟行入黃河即事寄府縣僚友

／韋應物

夾水蒼山路向東，東南山豁大河通。
寒樹依微遠天外，夕陽明滅亂流中。
孤村幾歲臨伊岸，一雁初晴下朔風。
為報洛橋遊宦侶，扁舟不繫與心同。

兩岸青山夾著河水一路向東，在東南方的山谷通向黃河。在遙遠的天際之外，隱約看得到冷清凋殘的樹林；在紛亂水流間，夕陽照耀的波光忽明忽滅。那座孤零零的村莊好幾年來都佇立在伊河岸旁，一隻雁子在剛放晴時隨著北風飛下來。我寫這首詩是要告訴在洛陽當官的同事，我不繫扁舟，就跟我的心一樣無所牽掛。

19 始夏南園思舊 ／韋應物

夏首雲物變，雨餘草木繁。
池荷初帖水，林花已掃園。
縈叢蝶尚亂，依閣鳥猶喧。
對此殘芳月，憶在漢陵原。

天地萬物的景色在初夏有了變化，草木在雨後繁茂生長。
池中的荷葉剛剛冒出來，緊貼著水面，但林園中的繁花已經凋落被掃去。
蝴蝶仍圍繞著樹叢亂飛，鳥兒還依靠著樓閣喧叫。
我對著這些月光下的殘花，思憶起我的故鄉長安。

20 遊溪 ／韋應物

野水煙鶴唳，楚天雲雨空。
玩舟清景晚，垂釣綠蒲中。
落花飄旅衣，歸流澹清風。
緣源不可極，遠樹但青蔥。

野溪上籠罩著煙霧，鶴鳥在其間高聲鳴叫，南方的天空已經雲散雨停。
我乘舟遊賞向晚時分的清麗景色，在綠色水草間垂釣。
落花飄到旅人的衣服上，流向大海的河川上蕩漾著清新涼爽的微風。
不必回溯到溪流來源的盡頭，遠方樹林只是一片青翠。

21 宿湖中 ／白居易

水天向晚碧沉沉，樹影霞光重疊深。
浸月冷波千頃練，苞霜新橘萬株金。
幸無案牘何妨醉，縱有笙歌不廢吟。
十隻畫船何處宿，洞庭山腳太湖心。

傍晚時分，湖面水天一色，純淨碧綠；樹影和霞光重疊，景色幽深。
浸著月光的水波，好像千頃的潔白絲絹；包著白霜的新生橘子，讓萬樹像懸掛著金子似的。
幸好沒有公事在身，何不痛快醉飲？縱然有笙歌可以聆賞，我也不停止吟詠。
這十艘華美遊船在哪裡停宿？就在洞庭山下的太湖中心。

22 南湖早春 ／白居易

風迴雲斷雨初晴，返照湖邊暖復明。
亂點碎紅山杏發，平鋪新綠水蘋生。
翅低白雁飛仍重，舌澀黃鸝語未成。
不道江南春不好，年年衰病減心情。

風兒迴轉吹散濃雲，雨後剛剛放晴，陽光重新照著湖邊，感覺暖和又明亮。
山杏樹綻放著紅花，繁多點點四處散落，水蘋長出新綠葉，平鋪在水面上。
白雁飛得很低，感覺很沉重；黃鶯啼叫聲斷續不順，感覺不成語調。
不是說江南的春天不好，是因為我年年衰弱抱病，減損了好心情。

23 晚秋夜 ／白居易

碧空溶溶月華靜，月裏愁人吊孤影。
花開殘菊傍疏籬，葉下衰桐落寒井。
塞鴻飛急覺秋盡，鄰雞鳴遲知夜永。
凝情不語空所思，風吹白露衣裳冷。

藍天裡月光明淨潔白，一片寂靜，心懷憂愁的人在月光裡慰問著自己的孤影。
殘餘的菊花在疏籬旁邊開著，凋衰的桐樹掉下片片樹葉，落進寒意森森的井裡。
塞外的鴻雁快速地飛過，我才察覺秋天快到盡頭了；鄰居家的雞比以往晚啼叫，我才知道夜晚變長了。
我情意專注，默默無語地徒然思念遠方的親人，直到風吹將秋露吹上衣裳，我才覺得寒冷。

24 江樓晚眺，景物鮮奇，吟玩成篇，寄水部張員外

／白居易

澹煙疏雨間斜陽，江色鮮明海氣涼。
蜃散雲收破樓閣，虹殘水照斷橋梁。
風翻白浪花千片，雁點青天字一行。
好著丹青圖寫取，題詩寄與水曹郎。

清淡的煙霧、稀疏的細雨，斜陽的光輝穿透其間，江上景色鮮豔耀眼，海風涼爽。
在蜃氣和雲霧散去後，江面只剩殘破的樓閣倒影，倒映在水面上的殘缺彩虹就像斷掉的橋樑。
江風翻動起千片花般的白浪，雁群為青天點上一行字。
這片景色很適合用丹青顏料畫下來，在上面題詩後寄給水曹郎張籍。

25 秋曉行南谷經荒村

／柳宗元

杪秋霜露重，晨起行幽谷。
黃葉覆溪橋，荒村唯古木。
寒花疏寂歷，幽泉微斷續。
機心久已忘，何事驚麋鹿。

晚秋時分，霜露越來越濃重。清晨起床，來到幽谷中。
黃葉覆蓋著溪橋，荒廢的村子裡只剩下古老的樹木。
寒涼的天氣裡，稀疏的花朵都快凋零殆盡，幽深隱僻的泉水些微地斷續流出。
我早就已經忘記那些機巧用心了，為何會驚動麋鹿呢？

26

感諷 ／李賀

石根秋水明，石畔秋草瘦。
侵衣野竹香，蟄蟄垂葉厚。
岑中月歸來，蟾光掛空秀。
桂露對仙娥，星星下雲逗。
淒涼梔子落，山璺泣清漏。
下有張蔚廬，披書案將朽。

山腳下秋水明淨，石頭旁秋草細瘦。
野外竹子的香氣沁入衣裳，許多厚厚的綠葉低垂著。
月亮回到山中，月光掛在高空，一片清麗秀美。
桂樹上的露珠對著嫦娥的身影，星星躲到雲層下面。
梔子花已經凋落，景象淒涼，山縫間滴著宛如計時清漏的山泉，就像在哭泣一樣。
下面有貧困隱士的小屋，他翻著書，坐在將要朽壞的書桌前。

27 河南府試十二月樂詞（四月、七月）

／李賀

・四月

曉涼暮涼樹如蓋，千山濃綠生雲外。
依微香雨青氛氳，膩葉蟠花照曲門。
金塘閑水搖碧漪，老景沉重無驚飛，
墮紅殘萼暗參差。

・七月

星依雲渚冷，露滴盤中圓。
好花生木末，衰蕙愁空園。
夜天如玉砌，池葉極青錢。
僅厭舞衫薄，稍知花簟寒。
曉風何拂拂，北斗光闌干。

▼早上清涼，傍晚也涼爽，樹冠繁茂如傘，白雲之外的群山一片濃綠。
細雨落在花間散出香氣，綠意豐茂；綠油油的葉子、盤曲的花朵，映照著曲折的門戶。
堅固的石塘裡，悠靜的水面搖蕩著綠色漣漪；這番老景已顯得沉重，沒有因風飛舞的花朵。
暗淡的落花和殘存的綠萼，顏色參差不一。

▼星星依著銀河發出冷光，露水滴在盤中形成一顆圓珠。
木芙蓉開在樹梢，衰敗的惠草讓人為空園發愁。
夜晚的天空如玉砌那般潔白，池中的荷葉非常青綠渾圓。
我才嫌舞衫輕薄，躺在花簟上稍微感到寒冷。
清晨的風多麼輕柔，北斗七星橫斜在天邊閃耀著。

28 賦得桃李無言

／李商隱

夭桃花正發，穠李蕊方繁。
應候非爭艷，成蹊不在言。
靜中霞暗吐，香處雪潛翻。
得意搖風態，含情泣露痕。
芬芳光上苑，寂默委中園。
赤白徒自許，幽芳誰與論。

茂盛的桃花正綻放，豔麗的李花正繁茂。它們只是順應氣候而開花，並非爭相表現美麗的姿態；它們不必多說什麼，前來遊賞的人就讓花間變成一條小路。桃樹靜靜地綻放霞光般的紅花，李花散發香氣之處，就像有雪花在那裡深潛翻動。它們有著在風中搖曳的得意姿態，也有淚水般的露珠留下痕跡的含情模樣。它們的芬芳為皇家園林增添光采，卻也靜靜地在園中凋萎。它們徒然地自誇紅豔與雪白，此刻誰會評論其清香呢？

29 河瀆神（河上望叢祠）

／溫庭筠

河上望叢祠，廟前春雨來時。
楚山無限鳥飛遲，蘭棹空傷別離。
何處杜鵑啼不歇，豔紅開盡如血。
蟬鬢美人愁絕，百花芳草佳節。

▼我從河上望向樹叢中的祠堂，廟前方是春雨來臨時的朦朧景象。楚地之山綿延不斷，鳥兒飛得很緩慢，我在船上徒然地為別離而心傷。

▼杜鵑鳥不知藏身在哪裡，不停地啼叫著；豔紅如血的杜鵑花全都綻放了。蟬鬢美人極端憂愁，就在那百花盛開、芳草如茵的美好節日裡。

30 題崔公池亭舊遊 ／溫庭筠

皎鏡方塘菡萏秋，此來重見採蓮舟。
誰能不遂當年樂，還恐添成異日愁。
紅豔影多風裊裊，碧空雲斷水悠悠。
檐前依舊青山色，盡日無人獨上樓。

明鏡般的方形池塘裡，荷花正迎接秋天，我這次來訪時又看到採蓮舟。
誰能不盡情享受當年的歡樂？只怕增添了來日的愁緒。
許多紅豔的花影在風中搖曳；淡藍色天空裡的一朵朵雲，倒映在閒靜的水面上。
屋簷前方的青山依舊翠綠，一整天都沒有其他人，只有我獨自上樓。

31 寒食前有懷 ／溫庭筠

萬物相鮮雨乍晴，春寒寂歷近清明。
殘芳荏苒雙飛蝶，曉睡朦朧百囀鶯。
舊約不歸成獨酌，故園雖在有誰耕。
悠然更起嚴灘恨，一宿東風蕙草生。

萬物鮮麗地彼此映襯，雨後剛剛放晴；在春寒的寂靜冷清之間，已接近清明節。
百花隨著時間逐一凋謝，一對蝴蝶在其間飛舞；我在早晨的睡夢中，朦朧間聽見鶯鳥婉轉多樣的鳴叫聲。
我沒有依照舊約回去，變成一個人獨自喝酒；故鄉雖然還在，但是有誰耕作呢？
在閒適自得時，讓人更興起想要隱居垂釣的愁恨；一夜之間，在春風的吹拂下，蕙草已經生長繁茂。

32 菩薩蠻（翠翹金縷雙鸂鶒）

／溫庭筠

翠翹金縷雙鸂鶒，水紋細起春池碧。
池上海棠梨，雨晴紅滿枝。
繡衫遮笑靨，煙草黏飛蝶。
青瑣對芳菲，玉關音信稀。

▼有著翠綠尾巴、金紋羽色的一對鸂鶒，游過春日碧綠的池水，撩起細微的波紋。
池畔有海棠梨樹，在雨後放晴時，開滿了整樹的紅花。
▼女子用繡衫遮住自己的笑靨，就像飛蝶留戀煙草那般。
她透過華美的窗戶欣賞花草，遠在外地的遊子卻很少寫信回來。

33 秋日赴闕題潼關驛樓

／許渾

紅葉晚蕭蕭，長亭酒一瓢。
殘雲歸太華，疏雨過中條。
樹色隨山迥，河聲入海遙。
帝鄉明日到，猶自夢漁樵。

紅葉在晚風中蕭蕭落下，我在長亭裡喝下一杯酒。
零散稀疏的雲飛到太華山去，稀疏的細雨越過中條山。
樹林景色隨著山延伸到遠處，河流入海的聲音非常遙遠。
我明天就會抵達京城了，仍然夢想著要當漁夫和樵父。

34 早秋

／許渾

遙夜泛清瑟，西風生翠蘿。
殘螢棲玉露，早雁拂金河。
高樹曉還密，遠山晴更多。
淮南一葉下，自覺洞庭波。

漫長的夜裡流蕩著清細的瑟聲，西風在翠羅之間吹起。
殘存的螢火蟲棲息在晶瑩如玉的露水上，較早出發的雁子飛掠過秋天的銀河。
高大的樹木在早晨時還很茂密，遠山在晴空下顯得更連綿不盡。
淮南地區落下一葉，就讓我想到《湘夫人》的「洞庭波兮木葉下」。

35 春泛若耶溪 ／綦毋潛

幽意無斷絕，此去隨所偶。
晚風吹行舟，花路入溪口。
際夜轉西壑，隔山望南斗。
潭煙飛溶溶，林月低向後。
生事且瀰漫，願為持竿叟。

我那尋幽訪勝的心意沒有斷絕，這次出發也是隨緣所遇。
晚風吹著航行中的船隻，從兩岸開滿鮮花的水路進入溪口。
入夜後，船隻轉向西邊的山谷，隔著山能看見南斗星。
潭面飄飛的煙霧廣大濃盛，林間的月亮向後方低落。
世事仍然渺茫無盡，我只願當一個釣魚老翁。

36 闕題 ／劉昚虛

道由白雲盡，春與青溪長。
時有落花至，遠隨流水香。
閑門向山路，深柳讀書堂。
幽映每白日，清輝照衣裳。

道路延伸到白雲的盡頭，春意跟碧綠的溪流一樣綿長。
時常有落花掉到溪裡，隨著流水遠去，一路散發香氣。
清閒的門庭對著朝向山的道路，茂密的柳樹旁就是我的書房。
每當白天就有日光從樹縫間隱約照下來，明亮的光輝就照在我的衣服上。

五代十國

37 菩薩蠻（迴塘風起波紋細）／李珣

迴塘風起波紋細，刺桐花裏門斜閉。
殘日照平蕪，雙雙飛鷓鴣。
征帆何處客，相見還相隔。
不語欲魂銷，望中煙水遙。

▼風吹過環曲的水池，撩起細細的波紋。刺桐花後方的門扉緊閉著。
夕陽照著雜草繁茂的平原，一對對鷓鴣飛過天際。
▼遠行的人所乘的船正在哪裡作客呢？雖然在夢裡相見，實際上卻相隔兩地。
這一切令人無言以對，傷心得魂魄幾乎要消失；一眼望去，那人遠在煙霧瀰漫的江水另一端。

38 小重山（春入神京萬木芳）／和凝

春入神京萬木芳。禁林鶯語滑，蝶飛狂。
曉花擎露妒啼妝。紅日永，風和百花香。
煙鎖柳絲長。御溝澄碧水，轉池塘。
時時微雨洗風光。天衢遠，到處引笙簧。

▼春天已來到京都，萬木散發芳香。禁苑園林裡，鶯鳥流利地啼叫，蝴蝶放縱地飛翔。
清晨的花朵托著露珠，美到讓帶淚的美人嫉妒。太陽照耀的時間變長，溫暖的風吹送著百花的香氣。
▼煙霧籠罩著細長的柳枝。御苑溝渠裡清澈碧綠的水，流轉進入池塘裡。
經常有細雨來洗滌這片風景。京城的道路很長，到處都聽得到笙樂聲。

39 春光好（蘋葉軟）　／和凝

蘋葉軟，杏花明，畫船輕。
雙浴鴛鴦出淥汀，棹歌聲。
春水無風無浪，春天半雨半晴。
紅粉相隨南浦晚，幾含情。

蘋葉柔軟，杏花明媚，畫船輕盈前行。
一對沉浸水中的鴛鴦，從綠草茂盛的沙洲冒出來，周圍傳來棹歌聲。
春水無風無浪，十分平靜；春天的天氣時雨時晴，變化不定。
傍晚，女子跟隨郎君來到水岸邊，屢次含著深情望向他。

40 漁歌子（二首）　／孫光憲

・其一

草芊芊，波漾漾，湖邊草色連波漲。
沿蓼岸，泊楓汀，天際玉輪初上。
扣舷歌，聯極望，槳聲伊軋知何向。
黃鵠叫，白鷗眠，誰似儂家疏曠。

・其二

泛流螢，明又滅，夜涼水冷東灣闊。
風浩浩，笛寥寥，萬頃金波澄澈。

青草茂盛，水波蕩漾，湖邊的草色連同波浪一起高漲。
我沿著紅蓼水岸前進，停泊在楓樹林沙洲旁，天邊有月亮剛剛升起。
我敲著船舷高歌，向四周遠望，搖槳聲咿呀著，不知要向何處去。
黃天鵝鳴叫著，白鷗正在睡覺，有誰像我這般豪放豁達。

一大片螢火蟲的亮光忽明忽滅，涼夜裡江水冷冽，東灣的景色相當廣闊。
風勢強勁浩蕩，傳來幾聲的稀疏笛音，廣大的澄澈江水面，在月光下蕩漾著金波。

杜若洲，香郁烈，一聲宿雁霜時節。
經雪水，過松江，盡屬儂家日月。

長滿杜若草的水洲，散發濃烈的香氣；歇息停宿的大雁啼叫一聲，又到了霜降時節。
在經過雪水和松江後，這裡的日月風景全部專屬於我了。

41 浣溪沙（蓼岸風多橘柚香）／孫光憲

蓼岸風多橘柚香，江邊一望楚天長。片帆煙際閃孤光。
目送征鴻飛杳杳，思隨流水去茫茫。蘭紅波碧憶瀟湘。

▼長滿蓼草的岸邊，一陣陣風帶來橘柚的香味，站在江邊望向遼闊的南方天空，一艘孤帆在水煙之際閃著一點光芒。
▼我目送征鴻飛向遠處，思緒也隨著流水奔騰，茫無邊際。在紅蘭花、碧綠江波的環繞下，讓人思念起遠方的親人。

42 應天長（石城花落江樓雨）／馮延巳

石城花落江樓雨，雲隔長洲蘭芷暮。芳草岸，和煙霧，誰在綠楊深處住。
舊遊時事故，歲晚離人何處。杳杳蘭舟西去，魂歸巫峽路。

▼石城的繁花已經凋落，江樓周圍下著雨，雲隔斷了水中長洲，蘭草和白芷籠罩在暮色中。芳草遍布的岸邊帶著煙霧，是誰居住在綠楊的深處？
▼那是昔日遊覽時的事情，到了年末，離家遠去的人在哪裡？他所乘的船隻往西行去，形影幽遠渺茫，女子的心魂也跟隨到巫峽之路。

43 鵲踏枝（秋入蠻蕉風半裂）

／馮延巳

秋入蠻蕉風半裂，狼籍池塘，雨打疏荷折。
繞砌蛩聲芳草歇，愁腸學盡丁香結。
回首西南看晚月，孤雁來時，塞管聲嗚咽。
歷歷前歡無處說，關山何日休離別。

▼秋風將芭蕉葉吹得半裂，池塘一片凌亂，雨滴打在疏落的荷花上，讓它折損了。蟋蟀的叫聲圍繞著臺階，芳草凋零，我的愁腸總是學丁香結那樣鬱結不展。

▼回首看西南方夜空的月亮，孤雁朝向南方飛來時，我聽到嗚咽的塞管聲。往日的歡樂景象仍然清晰分明，我卻無處訴說，我們到哪一天才不會相隔遙遠的關隘和山峰，不要再分離？

44 鵲踏枝（梅花繁枝千萬片）

／馮延巳

梅花繁枝千萬片，猶自多情，學雪隨風轉。
昨夜笙歌容易散，酒醒添得愁無限。
樓上春山寒四面，過盡征鴻，暮景煙深淺。
一晌憑闌人不見，鮫綃掩淚思量遍。

▼繁枝上的梅花凋落了千萬片，仍然多情地學雪花那樣隨風翻轉。昨夜的笙歌宴席輕易就解散了，酒醒後只增添無限的愁緒。

▼樓上，四面青山仍散發寒意；遠行的鴻雁全都飛過去了，（卻沒有帶來書信，）傍晚的景色籠罩在深深淺淺的煙霧中。我倚靠著欄杆一段時間，還是沒看到那個人，便用絲絹掩住淚水，沒有遺漏地思念了一切。

45 玉樓春（雪雲乍變春雲簇）

／馮延巳

雪雲乍變春雲簇，漸覺年華堪縱目。
北枝梅蕊犯寒開，南浦波紋如酒綠。
芳菲次第長相續，自是情多無處足。
尊前百計得春歸，莫為傷春眉黛蹙。

▼下雪的雲突然變成春雲聚集成團，讓人漸漸覺得春日的美景能夠放眼遠望。北邊枝頭的梅花冒著寒冷綻放，南邊池塘的波紋像酒那般碧綠。
▼香花芳草依序長時間前後連接，多情的人仍然覺得無處可讓人滿足。在酒席上千方百計地想留住春天，最後春天還是歸去了，就不要為了傷春而緊皺雙眉。

46 長相思（一重山）

／李煜

一重山，兩重山，
山遠天高煙水寒，相思楓葉丹。
菊花開，菊花殘，
塞雁高飛人未還，一簾風月閒。

▼高山一重又一重，山是如此遠、天是如此高，水面籠罩著寒煙，相思之情如楓葉般火紅。
▼菊花開了又謝，塞外的鴻雁已經高飛遠離，我所思念的人尚未回來，簾外的清風明月如此寂靜。

47 謝新恩（冉冉秋光留不住）

冉冉秋光留不住，滿階紅葉暮。
又是過重陽，臺榭登臨處。
茱萸香墜，紫菊氣飄庭戶。
晚煙籠細雨。
嗈嗈新雁咽寒聲，愁恨年年長相似。

／李煜

緩慢前行的秋光已經留不住了，傍晚時，臺階上滿滿都是紅葉。
又來到重陽節，該是上臺榭登高望遠的時候了。
人人佩戴茱萸花和香墜，紫菊花的香氣也飄滿庭院門戶。
夜晚，煙霧籠罩著細雨。
遠處傳來新雁悲涼的嗈嗈鳴叫聲，讓人不禁感嘆心中所懷的愁恨，年復一年都很相似。

48 青玉案（梵宮百尺同雲護）

梵宮百尺同雲護，漸白滿蒼苔路。
破臘梅花李蚤露。
銀濤無際，玉山萬里，寒罩江南樹。
鴉啼影亂天將暮，海月纖痕映煙霧。
修竹低垂孤鶴舞。
楊花風弄，鵝毛天剪，總是詩人誤。

／李煜

▼高高的佛寺有同樣的陰雲護衛著，白雪逐漸鋪滿遍布深青色苔蘚的道路。
歲末綻放的梅花，（被白雪覆蓋，）宛如早早展露的李花。
銀濤般的雪地一望無際，如白玉般的雪山綿延萬里，寒意籠罩江南的樹。
▼鴉鳥啼叫，飛舞的影子凌亂，天色將近黃昏。月亮從海上升起，纖細的痕跡映著煙霧。
修長的竹子低垂，像孤鶴在起舞。
以為白雪像是被風吹弄柳絮、天剪的鵝毛，總是詩人使人如此誤會。

49 浣溪沙（春暮黃鶯下砌前）

／毛熙震

春暮黃鶯下砌前，水晶簾影露珠懸。綺霞低映晚晴天。
弱柳萬條垂翠帶，殘紅滿地碎香鈿。蕙風飄蕩散輕煙。

▼暮春時節，黃鶯飛下來停在臺階上，水晶簾的影子像懸掛著的露珠。美麗的彩霞低低地映著傍晚的晴天。

▼柔弱的柳枝像萬條下垂的青翠帶子，滿地的落花像是破碎的香鈿。和暖的春風飄蕩著，吹散了輕煙。

50 臨江仙（洞庭波浪颭晴天）

／牛希濟

洞庭波浪颭晴天，君山一點凝煙。此中真境屬神仙。玉樓珠殿，相映月輪邊。
萬里平湖秋色冷，星晨垂影參然。橘林霜重更紅鮮。羅浮山下，有路暗相連。

晴天下，洞庭湖裡波浪搖動，湖中的君山像一點凝煙。那裡是屬於神仙的仙境。湘妃祠的樓閣宮殿就相映在一輪圓月的旁邊。萬里寬廣的平靜湖水，散發出冷冷的秋色，星晨垂落的光影參差閃動著。在霜氣重的時節裡，橘樹林更顯得亮紅鮮豔。羅浮仙山下，有路暗暗相連到此地。

51 河傳（紅杏） ／張泌

紅杏，交枝相映，密密濛濛。
一庭濃豔倚東風。香融，透簾櫳。
斜陽似共春光語，蝶爭舞，更引流鶯妒。
魂銷千片玉尊前，神仙，瑤池醉暮天。

▼紅杏花在相交的枝頭互映，稠密而紛雜。整個庭院的濃豔紅杏花都倚著東風搖動。香氣融入風中，透過簾櫳。
▼斜陽好像在跟春光說話，蝴蝶爭著飛舞，引得四處飛翔的鶯鳥嫉妒。我開心極了，喝了千杯酒，像神仙一樣在黃昏時醉倒在瑤池邊。

52 河傳（曲檻） ／顧夐

曲檻，春晚，碧流紋細，綠楊絲軟。
露花鮮，杏枝繁，鶯囀，野蕪平似剪。
直是人間到天上，堪遊賞，醉眼疑屏障。
對池塘，惜韶光，斷腸，為花須盡狂。

▼春天的傍晚時分，我站在彎曲的欄杆旁。流動的綠水有著細細的紋路，綠色楊柳的枝條十分柔軟。枝頭上繁盛的杏花，因沾了露水而鮮美豔麗，鶯鳥婉轉鳴叫，野外的草原平得像被剪過似的。
▼我竟然像從人間到了天上，這片美景可以遊賞，從醉眼看來還以為是屏風上的畫作。我對著池塘，珍惜這美好的時光，（也為它的短暫而）極度悲傷；為了這些美麗的花，應該要盡情狂放。

北宋

53 卜算子（江楓漸老） ／柳永

江楓漸老，汀蕙半凋，滿目敗紅衰翠。
楚客登臨，正是暮秋天氣。
引疏砧斷續殘陽裏。
對晚景，傷懷念遠，新愁舊恨相繼。

脈脈人千里。念兩處風情，萬重煙水。
雨歇天高，望斷翠峰十二。
盡無言，誰會憑高意。
縱寫得離腸萬種，奈歸雲誰寄。

▼江邊楓樹的葉子逐漸枯萎，沙洲上的蕙草半數都已經凋零，滿目所見都是殘破紅花和衰敗綠草。
猶如楚客宋玉的我登高望遠，現在正是深秋時節。
夕陽餘暉下，傳來斷斷續續的擣衣聲。
看著這樣的傍晚景色，讓人感傷地懷念遠方的佳人，新愁和舊恨陸續湧上心頭。

▼相隔千里的兩人，心懷情意想念對方，無奈隔著迷濛的千山萬水，分隔兩處。
雨停後，天空看起來清亮高遠，視線直到遠處的巫山十二峰。
我無言以對，誰能體會我登上高處時的心情呢？
就算能寫下心中的萬種離愁，卻沒有誰能幫我寄送。

54

西平樂（盡日憑高目）

／柳永

盡日憑高目，脈脈春情緒。
嘉景清明漸近，時節輕寒乍暖，天氣纔晴又雨。
煙光淡蕩，妝點平蕪遠樹。
黯凝佇，臺榭好，鶯燕語。

正是和風麗日，幾許繁紅嫩綠，雅稱嬉遊去，
奈阻隔尋芳伴侶。
秦樓鳳吹，楚館雲約，空悵望在何處。
寂寞韶華暗度，可堪向晚，村落聲聲杜宇。

▼我一整天都登上高處遠望，心中懷著滿滿的感春情緒。
有著美好景色的清明時節逐漸接近，這個季節的天氣微寒又忽然變暖，經常才剛放晴又下雨。
舒緩恬靜的雲靄霧氣，妝點著雜草繁茂的平原和遠方樹林。
我頹喪感傷地凝神佇立，美好的臺榭裡有鶯鳥和燕子正在啼鳴。

▼現在正好微風和煦，陽光明亮，有許多繁茂紅花和嫩綠林葉，非常適合去嬉戲遊樂，
無奈我與出遊賞花的伴侶被阻隔開來。
在玩樂場所聽音樂的許多約會，如今在何處？讓人徒然地惆悵想望著。
在寂寞間，美好時光不知不覺地過去了，讓人怎麼忍受傍晚時村落傳來的一聲聲鵑鳥啼叫聲？

55 畫堂春（外湖蓮子長參差）

／張先

外湖蓮子長參差，霽山青處鷗飛。
水天溶漾畫橈遲，人影鑑中移。
桃葉淺聲雙唱，杏紅深色輕衣。
小荷障面避斜暉，分得翠陰歸。

▼外湖的蓮葉長得高低不齊，雨後放晴的青山那裡有鷗鳥飛翔。水天之間水波蕩漾，華美的船緩緩前行，人影在鏡子般的湖面上移動。

▼女子兩人輕聲地合唱桃葉曲，身上穿著色澤極深的杏紅色輕薄夏裝。女子拿起小荷葉擋住臉，以躲開西斜的陽光，在荷葉的綠陰下返回。

56 滿江紅（飄盡寒梅）

／張先

飄盡寒梅，笑粉蝶遊蜂未覺。
漸迤邐水明山秀，暖生簾幕。
過雨小桃紅未透，舞煙新柳青猶弱。
記畫橋深處水邊亭，曾偷約。
多少恨，今猶昨。愁和悶，都忘卻。
拚從前爛醉，被花迷著。
晴鴿試鈴風力軟，雛鶯弄舌春寒薄。
但只愁錦繡鬧妝時，東風惡。

▼梅花已經飄完了，我笑蝴蝶和飛舞的蜜蜂都還沒有察覺這件事。山水風景逐漸變得明麗清秀，透過簾幕已經感受到暖意。淋過雨的小桃花還沒有紅透，在煙霧間舞動的新生青色柳枝仍然柔弱。我還記得我們曾經偷偷相約在華麗橋梁深處的水邊亭子見面。

▼心中的多少怨恨，到了今天仍然如昨日那般濃烈。（但過去的美好，）也讓人忘卻了所有的愁悶。我不再像從前那樣爛醉，為戀人著迷。她的歌聲就像鴿子在風力輕柔的晴天試飛鴿鈴的聲音，也像幼鶯在薄寒春日裡弄舌鳴叫那般。愁苦的是，在我們的愛正像錦繡鬧妝那般耀眼時，有邪惡的東風來破壞。

57 採桑子（三首） ／歐陽脩

・其一

春深雨過西湖好，百卉爭妍，
蝶亂蜂喧，晴日催花暖欲然。
蘭橈畫舸悠悠去，疑是神仙。
返照波間，水闊風高颺管絃。

・其二

群芳過後西湖好，狼藉殘紅，
飛絮濛濛，垂柳闌干盡日風。
笙歌散盡遊人去，始覺春空，
垂下簾櫳，雙燕歸來細雨中。

・其三

殘霞夕照西湖好，花塢蘋汀，
十頃波平，野岸無人舟自橫。
西南月上浮雲散，軒檻涼生，
蓮芰香清，水面風來酒面醒。

春意濃郁，雨後的西湖景色美好，各種花草爭相展現美麗的姿態，
蝴蝶紛亂飛舞，蜜蜂喧鬧，晴天催促著花兒綻放，暖和得像要燃燒似的。
各種大小船隻閒適地航行而去，好像是神仙下凡來遊玩。
夕陽照耀在水波之間，水面開闊風勢強大，有管絃樂聲高飛其間。

在百花盛開的季節過後，西湖的風景很美好，凌亂的落花，
濛濛飄飛的柳絮，垂柳枝條縱橫散亂，一整天隨風飄動。
在歌席結束、遊人散去後，才覺得春日已消逝一空。
放下窗簾時，正好看到一雙燕子在細雨中回來。

殘餘晚霞間透出陽光，西湖景色美好，汀洲上開滿蘋花，宛如花塢，
寬廣的湖面上波平浪靜，無人的岸邊有一艘舟橫泊在那裡。
西南方天空露出明月，浮雲散去，涼亭裡涼意生起，
蓮花散發清香，風從水面吹來，讓人自酒意中清醒。

58 御街行（街南綠樹春饒絮）／晏幾道

街南綠樹春饒絮，雪滿游春路。
樹頭花豔雜嬌雲，樹底人家朱戶。
北樓閑上，疏簾高卷，直見街南樹。
闌干倚盡猶慵去。幾度黃昏雨。
晚春盤馬踏青苔，曾傍綠陰深駐。
落花猶在，香屏空掩，人面知何處。

▼春日，街道南邊的綠樹充滿了白絮，如雪一般鋪滿遊春的道路。樹上豔麗的花以彩雲為背景，樹下是那富貴人家的門戶。我閒來登上街道北邊的樓臺，將疏簾捲高，直接看到街道南邊的樹。

▼我倚靠欄杆許久，還懶得離去，度過了幾場的黃昏雨。我在晚春時騎馬踏著青苔四處盤旋，也曾在綠蔭深處停留。落花還在，華美屏風徒然遮擋著，誰知道那女子到哪裡去了？

59 江城子・湖上與張先同賦／蘇軾

鳳凰山下雨初晴。水風清，晚霞明。
一朵芙蕖，開過尚盈盈。
何處飛來雙白鷺，如有意，慕娉婷。
忽聞江上弄哀箏。苦含情，遣誰聽。
煙斂雲收，依約是湘靈。
欲待曲終尋問取，人不見，數峰青。

▼鳳凰山下，雨後剛剛放晴，水面吹拂過清新的風，晚霞明亮燦爛。女子就像一朵盛開的荷花般嬌美輕盈，有一雙白鷺不知從哪裡飛來，好像含有情意，傾慕著女子美妙的姿態。

▼忽然聽到江上傳來彈奏哀曲的箏樂。這般含著悲苦的心情，是要給誰聽呢？煙氣聚攏，浮雲散去，彈箏女子彷彿湘水女神般。本來想等曲子結束後尋人詢問，卻沒看到人，只看到幾座青峰。

60 蝶戀花（簌簌無風花自墮）

／蘇軾

簌簌無風花自墮，
寂寞園林，柳老櫻桃過。
落日有情還照坐，山青一點橫雲破。

路盡河回人轉柁，
繫纜漁村，月暗孤燈火。
憑杖飛魂招楚些，我思君處君思我。

▼沒有風吹來，花兒還是簌簌地自己掉落了，寂靜的園林裡，柳樹已經衰老，櫻桃花開的季節也過去了。落日似乎有感情，還照在座位上，青山看似一小點，卻劃破了成片的橫雲。

▼在道路的盡頭，河流調轉，人也跟著轉舵，把船繩繫結在漁村附近停泊，昏暗月色下只有一盞孤獨的燈火。我用楚地樂調來召喚離去的友人，我思念你，就像你思念我那般。

61 虞美人（芙蓉落盡天涵水）

／舒亶

芙蓉落盡天涵水，日暮滄波起。
背飛雙燕貼雲寒，獨向小樓東畔倚欄看。

浮生只合樽前老，雪滿長安道。
故人早晚上高臺，寄我江南春色一枝梅。

▼荷花落盡，水天相接，黃昏時一陣風吹動了綠波。雙燕貼著寒雲各自分飛，我獨自面向小樓的東邊，倚著欄杆遠望。

▼人生只應該在酒杯前老去。大雪鋪滿了長安的道路。老友早晚都登上高臺，也寄來代表江南春色的一枝梅。

62 倦尋芳（露晞向曉） ／王雱

露晞向曉，簾幕風輕，小院閒畫。
翠徑鶯來，驚下亂紅鋪繡。
倚危欄，登高榭，海棠著雨胭脂透。
算韶華，又因循過了，清明時候。

倦游燕，風光滿目，好景良辰，誰共攜手。
悵被榆錢，買斷兩眉長皺。
憶得高陽人散後，落花流水還依舊。
這情懷，對東風盡成消瘦。

▼露水乾了，已接近天亮，風輕輕地吹著簾幕，小院子裡悠閒的白天。
驚鳥飛來翠綠小徑，驚得花瓣繽紛落下，如織錦鋪在地上。
我倚著高欄，又登上高榭，沾雨的海棠花紅得就像被胭脂浸透了。
我算了算春光，又輕易過了清明時節。

▼我對交遊宴飲感到厭倦，在這滿眼都是風景的美好景色和日子裡，誰與我一起攜手同遊？
自從榆筴出現後，我的雙眉一直緊皺著，實在令人惆悵。
我記得與好友分開散去後，落花流水依舊沒變。
這份情懷，讓人在對著春風的同時，完全消瘦下來。

63 風流子（東風吹碧草）

／秦觀

東風吹碧草，年華換，行客老滄洲。見梅吐舊英，柳搖新綠，惱人春色，還上枝頭。寸心亂，北隨雲黯黯，東逐水悠悠。斜日半山，暝煙兩岸，數聲橫笛，一葉扁舟。

青門同攜手，前歡記，渾似夢裏揚州。誰念斷腸南陌，回首西樓。算天長地久，有時有盡，奈何綿綿，此恨難休。擬待倩人說與，生怕人愁。

▼春風吹著綠草，歲月轉換，遠行的人就要在濱水之地老去了。看到梅花綻放著跟舊時一樣的花，柳樹的新生綠枝條搖曳著，這惱人的春色又上了枝頭。我的內心紛亂，隨著昏暗不明的雲向北，又跟著悠悠流水往東。斜陽照在半山腰上，傍晚的煙霧雲氣籠罩著兩岸，數聲橫笛聲傳來，一艘小船從眼前經過。

▼我們曾在京城攜手同遊，前日歡愉的記憶，非常像夢裡的揚州。誰念著令人悲傷的離別處，回首看西樓？就算是天長地久，有時也有盡頭，為何這份愁恨綿綿不斷，難以停休？我打算要對人訴說，卻怕那人也為此發愁。

64 好事近（春路雨添花）

／秦觀

春路雨添花，花動一山春色。
行到小溪深處，有黃鸝千百。
飛雲當面化龍蛇，夭矯轉空碧。
醉臥古藤陰下，了不知南北。

▼春日的道路上，雨後增添了許多花，花一搖動，整座山都充滿春色。走到小溪的深處，有千百隻黃鸝。

▼飛雲在我面前化成龍蛇，飛騰到碧空中。我喝醉了，躺臥在老藤的綠蔭下，完全不知道南北是在哪一邊。

65 望海潮（梅英疏淡）

／秦觀

梅英疏淡，冰澌溶洩，東風暗換年華。
金谷俊遊，銅駝巷陌，新晴細履平沙。
長記誤隨車。正絮翻蝶舞，芳思交加。
柳下桃蹊，亂分春色到人家。
西園夜飲鳴笳。有華燈礙月，飛蓋妨花。
蘭苑未空，行人漸老，重來是事堪嗟。
煙暝酒旗斜。但倚樓極目，時見棲鴉。
無奈歸心，暗隨流水到天涯。

▼梅花稀疏色淡，流冰逐漸溶化四溢，春風再度吹起，不知不覺又換了新的一年。我曾經與賢俊友人同遊金谷園，走訪熱鬧的銅駝街巷，在剛放晴之際輕盈漫步在沙地上。我永遠記得我們誤跟著別家女子的車馬，那時正是柳絮翻動、蝴蝶飛舞，心中充滿紛亂情思的時節。柳樹下的桃花小徑，隨意地將春色送到各戶人家。

▼在西園裡夜飲，吹起胡笳。有如此華麗的燈火，減損了月光的亮麗；還有急駛而過的車馬，妨礙了繁花的美好。園林尚未空蕩荒無，但遠行的人已逐漸老去，重返舊地，每件事都令人慨嘆。煙靄瀰漫的暮色中，有酒旗斜插著。只有我倚樓遠望，不時看到棲息在樹上的鴉鳥。無奈我的歸鄉之心，只能暗自隨著流水到天涯。

66 青玉案（凌波不過橫塘路）

凌波不過橫塘路，但目送，芳塵去。
錦瑟年華誰與度。
月橋花院，瑣窗朱戶，只有春知道。
飛雲冉冉蘅皋暮，彩筆新題斷腸句。
若問閒情都幾許。
一川煙草，滿城風絮，梅子黃時雨。

／賀鑄

▼那步履輕盈的女子不願經過橫塘路，我只能目送女子的身影遠去。
她的美好年華是與誰度過的呢？
在那有著月形橋的花園，以花紋窗格搭襯朱紅大門的屋子裡，只有春知道（她的生活）。
▼飛雲緩緩飄動，暮色降臨在長滿香草的水岸高地，我以泉湧才思新寫了訴說悲傷情緒的詩句。
如果問我對她的感情有多少？
就像滿地籠罩著煙霧的青草、滿城隨風紛飛的柳絮，還有梅子轉黃的季節裡連綿不斷的細雨。

67 蝶戀花（幾許傷春春復暮）

幾許傷春春復暮，
楊柳清陰，偏礙游絲度。
天際小山桃葉步，白蘋花滿湔裙處。
竟日微吟長短句，
簾影燈昏，心寄胡琴語。
數點雨聲風約住，朦朧淡月雲來去。

／賀鑄

我已多少次為春天傷懷，春天又到了盡頭，
茂盛的楊柳樹形成清涼的樹陰，偏偏妨礙了游絲經過。
天邊小山旁的桃葉碼頭，她清洗裙子的地方開滿了白蘋花。
我一整天小聲地吟詠長短句，
在簾影旁的昏暗燈光下，我將心思寄託給胡琴訴說。
風兒掠過，擋住了數點雨聲，浮雲飄來飄去，讓月光暗淡朦朧。

68 石州慢（薄雨收寒） ／賀鑄

薄雨收寒，斜照弄晴，春意空闊。
長亭柳色纔黃，倚馬何人先折。
煙橫水漫，映帶幾點歸鴻，平沙消盡龍荒雪。
猶記出關來，恰如今時節。

將發，畫樓芳酒，紅淚清歌，便成輕別。
回首經年，杳杳音塵都絕。
欲知方寸，共有幾許新愁。芭蕉不展丁香結。
憔悴一天涯，兩厭厭風月。

▼小雨收斂了寒氣，陽光斜照露出晴空，春意遼闊。長亭邊的柳葉顏色才剛轉黃，是哪個倚著馬匹的人先折取了？煙氣橫在廣大的水面上，映襯著遠處幾點歸鴻的身影，塞外沙漠上的雪已經消融了。還記得我出關來到此地，恰巧也是像今天這樣的時節。

▼將要出發之前，我們在華麗樓閣上喝著美酒，妳流下混了胭脂的淚水清唱著，就這樣輕易離別了。如今回首，已經過了多年，連隱約的音訊都沒有。想知道我心中有多少新愁？就像那捲起不展的芭蕉和丁香結。獨自在天涯憔悴，兩人都憂鬱地看著眼前的清風明月。

69 氐州第一（波落寒汀） ／周邦彥

波落寒汀，村渡向晚，遙看數點帆小。
亂葉翻鴉，驚風破雁，天角孤雲縹緲。
官柳蕭疏，甚尚掛微微殘照。
景物關情，川途換目，頓來催老。

漸解狂朋歡意少，奈猶被思牽情繞。
座上琴心，機中錦字，覺最縈懷抱。
也知人懸望久，薔薇謝歸來一笑。
欲夢高唐，未成眠霜空已曉。

▼冷清的汀洲周圍退潮了，村莊渡口已被傍晚暮色籠罩，我看著遠方數點小小的帆船形影。
紛亂的落葉與鴉鳥一起翻飛，突來的一陣風吹散大雁的行列，天邊角落有一朵若隱若現的雲。
官道上的柳樹葉子稀疏，正掛著微微的夕陽光影。
景物向來能觸動人的情感，水路沿途的景象變化，頓時把人催老了。

▼我逐漸了解狂放不羈的朋友為何鬱鬱寡歡，無奈的他仍被相思之情牽動環繞。
我覺得，如同在座位上以琴聲傳遞心意、編織出錦字傳達情意的夫妻深情，是最讓人牽掛在心的。
我也知道親人盼望很久，希望我在薔薇凋謝的時節回去，微笑相對。
我想要在夢中與愛人相會，還未入睡，秋季的天空又亮了。

70 渡江雲（晴嵐低楚甸） ／周邦彥

晴嵐低楚甸，暖回雁翼，陣勢起平沙。驟驚春在眼，借問何時，委曲到山家。塗香暈色，盛粉飾爭作妍華。千萬絲陌頭楊柳，漸漸可藏鴉。

堪嗟。清江東注，畫舸西流，指長安日下。愁宴闌風翻旗尾，潮濺烏紗。今宵正對初弦月，傍水驛深艤蒹葭。沉恨處，時時自剔燈花。

▼晴日的山嵐低低地浮蕩在南方的原野上，暖意回到大雁的翅膀上，牠們在沙地上排好隊形，準備起飛北返。我突然驚訝於春日就在眼前，請問它什麼時候委婉曲折地來到山野人家？春天為景色塗上香氣、暈染上色彩，把山妝點得像濃妝豔抹，爭相開出美麗的花朵。路旁的楊柳垂下千萬絲條，逐漸可以藏住鴉鳥了。

▼可嘆啊！清澈的江水往東流，華麗遊船卻往西方航行，遙指長安就在日落之處。令人發愁的離別宴席結束後，風翻捲著船尾的旗子，潮水濺溼了烏紗帽。今天晚上正好對著上弦月，船隻在水邊驛站附近，深深地停靠在蒹葭旁。在愁恨深沉的時刻，我時常獨自剔燈花。

71 念奴嬌．垂虹亭

／朱敦儒

放船縱櫂，趁吳江風露，平分秋色。
帆卷垂虹波面冷，初落蕭蕭楓葉。
萬頃琉璃，一輪金鑑，與我成三客。
碧空寥廓，瑞星銀漢爭白。

深夜悄悄魚龍，靈旗收暮靄，天光相接。
瑩澈乾坤，全放出疊玉層冰宮闕。
洗盡凡心，相忘塵世，夢想都銷歇。
胸中雲海，浩然猶浸明月。

▼中秋時節，我趁著吳江的風和露，放船縱意地划槳。船帆捲起，垂虹橋下的水波散發冷光，楓葉剛開始蕭蕭落下。江面猶如萬頃琉璃，一輪明月高掛，連同我和影子成三人相對。青天空曠而深遠，瑞星和銀河爭比誰更白亮。

▼深夜裡，魚兒悄悄游動，靈旗把傍晚的雲霧都收走了，天光連續而開闊。天地一片瑩潔透明，似乎把層疊打造的冰玉宮殿全放了出來。這片景色洗去了我的凡心，也讓我忘了塵世，所有夢想都消散。我胸中的雲海廣大壯闊，彷彿可以浸明月。

72

春霽 ／朱淑真

淡淡輕寒雨後天，柳絲無力妥殘煙。
弄晴鶯舌於中巧，著雨花枝分外妍。
消破舊愁憑酒盞，去除新恨賴詩篇。
年年來到梨花日，瘦不勝衣怯杜鵑。

雨後的天氣帶著輕微的寒意，殘煙中，細長如絲的柳枝無力地垂下。
鶯鳥在初晴時鳴囀的啼聲十分靈巧，淋雨的花枝特別嬌豔。
我憑藉飲酒來消耗舊日的愁緒，依賴寫詩來去除新的愁恨。
每年來到梨花盛開的日子，我總是瘦到難以承受衣服的重量，也害怕聽見杜鵑鳥的啼叫聲。

73

晴和 ／朱淑真

海棠深院雨初收，苔徑無風蝶自由。
百結丁香誇美麗，三眠楊柳弄輕柔。
小桃酒膩紅尤茂，芳草寒餘綠漸稠。
寂寂珠簾歸燕未，子規啼處一春愁。

海棠花盛開的深院裡，雨剛停，滿布青苔的小徑上沒有風，蝴蝶自由地飛翔。
繁多的丁香花結炫耀著自己的美麗，楊柳時起時伏，輕柔地擺動著。
小桃花像喝多了酒似的，紅花特別繁盛；寒意將盡，芳草逐漸濃密。
珠簾寂靜無聲，只因燕子尚未歸來，杜鵑鳥啼叫處散發著春愁。

74 一萼紅（古城陰）／姜夔

古城陰，有官梅幾許，紅萼未宜簪。池面冰膠，牆腰雪老，雲意還又沉沉。翠藤共閒穿徑竹，漸笑語驚起臥沙禽。野老林泉，故王臺榭，呼喚登臨。

南去北來何事，蕩湘雲楚水，目極傷心。朱戶黏雞，金盤簇燕，空歎時序侵尋。記曾共西樓雅集，想垂楊還裊萬絲金。待得歸鞍到時，只怕春深。

▼古城的南邊有幾株官方種植的梅樹，但它的紅花還不適合拿來插戴。池面的冰層膠連在一起，牆腰有光澤黯淡的舊積雪，雲彩還又顯得陰沉沉的。翠藤伴隨著悠閒的我們穿過竹林小徑，我們逐漸開始談笑，驚起了臥伏在沙上的禽鳥。我們這些村野老人前往的林泉，有漢代長沙定王劉發所築的臺榭，便呼喚彼此去登高望遠。

▼我為何要南來北往地奔波呢？我面對著蕩漾的湖南雲空及流水，盡力遠望，只覺得傷心。在紅色大門貼上畫雞的人日（正月初七）才剛過，又到了春盤上放著生菜組成燕子形狀的立春日，我徒然嘆息時序就這樣漸進地過去了。我記得我們曾一起在西樓舉辦文人雅士的集會，還回想起柳樹搖曳萬條金色絲條。但等到我回家所乘的馬抵達時，只怕已是深春時節了。

75 南溪 ／元好問

南溪酒熟清而醇，北溪梅花發興新。
前年去年花下醉，今年冷落花應嗔。
梅花娟娟如靜女，寂寞甘與荒山鄰。
詩人愛花山亦好，幽林穹谷生陽春。
風鬟峨峨一尺雲，芳香幽臥如相親。
山堂夜半北風惡，一點相思愁殺人。

南溪的酒已經釀成熟了，酒質清醇；北溪的梅花已經綻放了，引發我的新興致。

前年和去年，我都在花下喝醉了，如果今年冷落梅花，它應該會生氣。

梅花如嫻靜的女子那般美好，甘願寂寞地與荒山為鄰。

詩人愛梅花，荒山也喜歡梅花，它讓幽深茂密的樹林和深峭的山谷都彷彿溫暖的春天到來了。

茂密的梅花好似在風中挽起一尺高的雲鬟，我在它的芳香之中幽靜地躺臥著，好像與它彼此親近。

半夜，我的山中居所外吹來猛烈的北風。對梅花的這一點相思之情，讓我為它感到極度憂愁。

76 虞美人・春曉 ／劉辰翁

輕衫倚望春晴穩，雨壓青梅損。
皺綃池影泛紅蔫，看取斷雲來去似罏煙。
愁春來暮仍愁暮，受卻寒無數。
年來無地買花栽，向道明年花信莫須來。

▼我穿著輕衫，倚著欄杆遠望穩定的春日晴天景色，看到先前的雨勢壓損了青梅。
皺絲般的池景中，漂浮著枯萎的花，我看著一片片的雲像火爐的煙那樣來去。

▼我憂愁著春天會到盡頭，卻仍憂愁它來得遲，讓人承受了無數的寒冷。
這一年來我沒有土地可以買花來栽種，明年的花信也不必來了。

77 齊天樂・螢 ／王沂孫

碧痕初化池塘草，熒熒野光相趁。扇薄星流，盤明露滴，零落秋原飛燐。練裳暗近。記穿柳生涼，度荷分暝。誤我殘編，翠囊空嘆夢無準。

樓陰時過數點，倚闌人未睡，曾賦幽恨。漢苑飄苔，秦陵墜葉，千古淒涼不盡。何人為省，但隔水餘暉，傍林殘影。已覺蕭疏，更堪秋夜永。

▼螢火蟲剛從池塘邊的草變化而成，微弱的螢光相互追逐著。我將薄扇一撲，螢火蟲就像流星飛走了，牠像承露盤上的明亮露珠，也像飄在秋日原野的飛舞燐火。螢火蟲曾經暗中接近穿著樸素衣裳的人。我還記得以前螢火蟲穿過柳枝後生起涼風，飛度荷塘時劃開夜色。這樣的時局擔誤了我勤讀的工夫，囊袋裡裝了發著綠光的螢火蟲，徒然地感嘆夢不能實現。

▼樓房的陰影處，不時飛過幾點螢光，我這個倚著欄杆的人還沒睡，尚且吟詠深藏於心中的怨恨。漢代的皇家園林長滿青苔，秦朝的帝王陵墓滿地落葉，久遠年代以來的淒涼沒有盡頭。哪個人能夠明白我的心情？只有溪流對岸剩餘的螢火蟲光、臨近樹林的殘存螢火蟲身影。我已經覺得寂寞淒涼了，哪裡還能承受秋天的漫長黑夜。

78

瑞鶴仙（郊原初過雨）

／袁去華

郊原初過雨，見數葉零亂，風定猶舞。
斜陽挂深樹，映濃愁淺黛，遙山媚嫵。
來時舊路，尚巖花嬌黃半吐。
到而今，惟有溪邊流水，見人如故。

無語。郵亭深靜，下馬還尋，舊曾題處。
無聊倦旅，傷離恨，最愁苦。
縱收香藏鏡，他年重到，人面桃花在否。
念沉沉小閣幽窗，有時夢去。

▼原野上剛剛下過雨，我看到一些零亂的葉子在風停之後仍然舞動著。
斜陽懸掛在樹林深處，映照著我的濃烈愁緒和淺青色的山，遠處的山看起來十分媚嫵。
在來時的舊路上，高峻的山崖上有嫩黃色的花綻放了一半。
到如今，只有溪邊的流水看到我就好像看到老朋友。
▼我無言以對。驛站裡十分寂靜，我下馬之後，還去尋找舊日曾題字的地方。
空虛愁悶又倦於行旅的人，對於為離恨而傷心一事，最感到愁苦。
縱然收藏了奇香或鏡子等信物，以後再度到訪時，那位與桃花相映的女子還在嗎？
我深深地思念著女子的住處，有時會在夢中前往。

79

訴衷情・送春

／万俟詠

一鞭清曉喜還家，宿醉困流霞。
夜來小雨新霽，雙燕舞風斜。
山不盡，水無涯，望中賒。
送春滋味，念遠情懷，分付楊花。

▼天剛亮時，我便揚起鞭子催馬出發，開心著要回家了，但我因為喝酒宿醉，仍感到疲倦。
夜裡的小雨已經停了，天剛剛放晴，一對燕子在風中斜斜地飛舞。
▼青山無窮無盡，江水無邊無際，視野非常遙遠。
送春離開的悲傷滋味、思念遠方親友的情懷，都交給柳絮吧！

80 木蘭花（春風只在園西畔）／嚴仁

春風只在園西畔，薺菜花繁胡蝶亂。
冰池晴綠照還空，香徑落紅吹已斷。
意長翻恨游絲短，盡日相思羅帶緩。
寶奩如月不欺人，明日歸來君試看。

▼春風只在園子的西畔吹拂，薺菜花繁茂盛開，蝴蝶紛亂飛舞。冰涼的池水一片碧綠，在晴光照射下更顯得空曠；飄散花草芳香的小徑上，都是已經被風吹斷的落花。
▼情意綿長讓我反而怨恨游絲太短；我一整天都為相思所苦而消瘦，絲質衣帶也變鬆了。寶鏡跟明月一樣不會欺騙人，明日你回來時，試著看看就知道了。

81 沉醉東風．重九／盧摯

題紅葉清流御溝，賞黃花人醉高樓，
天長雁影稀，日落山容瘦，
冷清清暮秋時候，衰柳寒蟬一片愁，
誰肯教白衣送酒。

我在紅葉上題寫詩句，讓它隨著御溝的清流漂走；我賞完菊花後，在高樓上喝醉了；
遼闊的天空裡，雁子的飛過身影非常稀少。太陽西下時，山的姿容顯得寂廖，
此時正是冷清的秋末時節，衰敗的柳樹和秋蟬的鳴叫聲，散發一片哀愁氛圍，
誰肯讓友人送酒過來給我呢？

82 秋蓮 ／劉因

瘦影亭亭不自容，淡香杳杳欲誰通。
不堪翠減紅銷際，更在江清月冷中。
擬欲青房全晚節，豈知白露已秋風。
盛衰老眼依然在，莫放扁舟酒易空。

秋蓮無立自持直立的削瘦身影，淡香飄向遠處，想要跟誰通消息呢？
它無法忍受在綠葉飄落、紅花凋謝之際，又處在清澈江水、冰冷月光之中。
秋蓮打算要用蓮蓬來保全晚年，哪裡知道已到了吹起秋風的白露節氣。
我這雙看盡盛衰的老眼依然還在，別放出扁舟，否則酒容易被一飲而空。

83 蟾宮曲・送春 ／貫雲石

問東君何處天涯。落日啼鵑，流水桃花。
淡淡遙山，萋萋芳草，隱隱殘霞。
隨柳絮吹歸那答，趁遊絲惹在誰家。
倦理琵琶，人倚秋千，月照窗紗。

請問春神在天涯的何處呢？我在落日時分聽到杜鵑鳥的啼叫聲，凋謝的桃花隨著流水而去。
淡淡的遠山景色，茂盛的芳草，模糊不清的殘餘晚霞。
春天隨著柳絮吹回那裡？追逐著遊絲沾染到誰家？
我懶得彈琵琶，倚著秋千，看明月照在窗紗上。

84 小桃紅・戍樓殘照　／盍西村

戍樓殘照斷霞紅，只有青山送。
梨葉新來帶霜重。
望歸鴻，歸鴻也被西風弄。
閒愁萬種，舊遊雲夢，回首月明中。

我站在瞭望高樓上，落日餘光把片段雲霞照得火紅，只有青山為夕陽送別。
近來梨葉上都帶著沉重的白霜。
我望向歸返的鴻雁，牠也被狂野的西風擺弄得搖搖晃晃。
萬種無端的愁緒浮上心頭，昔日遊覽的情景如雲和夢那般渺茫，我只能在明月之下回憶。

85 小桃紅・雜詠　／盍西村

綠楊堤畔蓼花洲，可愛溪山秀。
煙水茫茫晚涼後。
捕魚舟，衝開萬頃玻璃皺。
亂雲不收，殘霞妝就，一片洞庭秋。

綠楊樹佇立在長堤旁，開滿蓼花的汀洲，這片可愛的溪山景色十分秀麗。
入夜轉涼後，水面上煙霧籠罩。
一艘艘捕漁船衝過廣闊的澄澈水面，掀起一道道皺波。
天上紛亂的雲四散不收，殘餘的晚霞也已經妝扮好了，呈現一片美麗的洞庭秋日景色。

明

86 沉醉東風・秋日湘陰道中 ／趙善慶

山對面藍堆翠岫，草齊腰綠染沙洲。
傲霜橘柚青，濯雨蒹葭秀，隔滄波隱隱江樓。
點破瀟湘萬頃秋，是幾葉兒傳黃敗柳。

對面的山有一堆顏色濃到接近藍色的樹林和翠綠的峰巒，還有齊腰的野草把沙洲染成一片綠色。不屈服於秋霜的橘柚樹仍然青綠，淋過雨的蘆葦開花了，隔著青綠波浪，隱約能看到江邊的樓閣。點破這片廣闊瀟湘之水的秋意的，是那幾片呈現黃色的凋殘柳葉。

87 天仙子・春恨 ／陳子龍

古道棠梨寒惻惻，子規滿路東風濕。
留連好景爲誰愁，歸潮急，暮雲碧。
和雨和晴人不識。
北望音書迷故國，一江春水無消息。
強將此恨問花枝，嫣紅積，鶯如織，
我淚未彈花淚滴。

▼古道上的棠梨被寒風吹得發抖，滿路都能聽見杜鵑鳥的哀鳴聲，東風（帶來雨水）弄濕了大地。我留連的這片好景，是在為誰憂愁？潮水急速退去，傍晚的雲已轉為青碧。讓人不清楚是在下雨或是放晴了。

▼我望向北方，期盼書信帶來令人迷惘的故國訊息，卻被這一江春水隔開，毫無消息。我勉強向花枝詢問這份愁恨，卻看到落花堆積滿地，鶯鳥如織布機的梭子般飛來飛去。我的淚還未彈落，花的淚就滴了下來。

88 由畫溪經三箬入合溪 ／余懷

畫舫隨風入畫溪，秋高天闊五峰低。
綠蘿僧院孤煙外，紅樹人家小閣西。
箬水長清魚可數，篁山將盡鳥空啼。
桃源彷彿無尋處，楓葉紛紛路欲迷。

我的華美遊船隨著風進入畫溪，秋日的天空澄澈而開闊，讓五峰山顯得低矮。

被綠蘿包圍的僧院在一縷孤煙之外，被紅樹圍繞的人家在小閣樓的西邊。

箬水總是清澈到可以數魚，竹林遍布的山景逐漸要結束，只聽見鳥兒的啼叫聲。

彷彿沒有地方能讓人尋找到桃花源，楓葉多而雜亂，讓人快要迷途了。

清

89 臨江仙・寒柳 ／納蘭性德

飛絮飛花何處是，層冰積雪摧殘。
疏疏一樹五更寒。
愛他明月好，憔悴也相關。
最是繁絲搖落後，轉教人憶春山。
湔裙夢斷續應難。
西風多少恨，吹不散眉彎。

那飄飛的柳絮飛到哪裡了？它們正受到層冰和積雪的摧殘。
這一株稀疏的柳樹經歷著五更時分的寒意。
令人愛的是明月的美好無私，就算柳樹這麼憔悴，也關照著它。
正是在繁茂的如眉柳葉搖落後，反而讓人憶起女子那春山般的雙眉。
女子涉水濺溼衣裙來相會的夢中斷了，應該難再繼續。
就算西風帶著多少恨，仍吹不散那彎彎的雙眉。

90 南鄉子（飛絮晚悠颺） ／納蘭性德

飛絮晚悠颺，斜日波紋映畫梁。
刺繡女兒樓上立，柔腸，
愛看晴絲百尺長。
風定卻聞香，吹落殘紅在繡床。
休墮玉釵驚比翼，雙雙，
共唼蘋花綠滿塘。

▼傍晚時分，柳絮悠颺飄飛，斜陽照射下的水面波紋，倒映在畫梁上。
刺繡的女子站在樓上，內心充滿委婉的情感。
她喜歡看飄蕩在空中的、長達百尺的晴絲。
▼風停了之後，她卻聞到花香，原來風把殘存的花朵吹落到刺繡的架子上。
不要讓玉釵掉落而嚇到了成雙成對、比翼而行的鴛鴦。
牠們正在充滿綠意的池塘裡一起吸食蘋花。

91 秋暮吟望　／趙執信

小閣高棲老一枝，閒吟了不為秋悲。
寒山常帶斜陽色，新月偏明落葉時。
煙水極天鴻有影，霜風卷地菊無姿。
二更短燭三升酒，北斗低橫未擬窺。

我這個老人隱居在山林的小閣裡，隨意吟唱完全不是為了秋天的到來而悲傷。冷落寂靜的山裡經常帶著斜陽的光彩，新月在落葉時節反而明亮。水面的煙霧瀰漫直達天空，高飛鴻雁的身影倒映在水面上，刺骨寒風捲地吹過，讓菊花失去了原來的姿態。我在二更時對著短燭，喝了三升酒，就算北斗星已經低橫，也不打算看。

92 太湖舟中　／孫原湘

只有天圍住，清光萬頃圓。
四無雲障礙，一氣水澄鮮。
日映鷺皆雪，風吹帆欲仙。
蓮花波上立，知是莫釐顛。

只有天空圍住太湖，波光萬頃，像是一面圓鏡。四周沒有雲阻擋，一片湖水澄澈潔淨。陽光照著鷺鳥，其羽毛全像雪那般潔白；風吹動船帆，船隻似乎要輕飄上升。宛如蓮花直立在波面上，我知道那是莫釐山的頂峰。

93 水調歌頭・春日賦示楊生子掞（二首）／張惠言

・其一

東風無一事，妝出萬重花。
閒來閱遍花影，惟有月鉤斜。
我有江南鐵笛，要倚一枝香雪，吹徹玉城霞。
清影渺難即，飛絮滿天涯。
飄然去，吾與汝，泛雲槎。
東皇一笑相語，芳意在誰家。
難道春花開落，更是春風來去，便卻了韶華。
花外春來路，芳草不曾遮。

・其二

珠簾卷春曉，胡蝶忽飛來。
遊絲飛絮無緒，亂點碧雲釵。
腸斷江南春思，黏著天涯殘夢，剩有首重回。
銀蒜且深押，疏影任徘徊。
羅帷卷，明月入，似人開。
一尊屬月起舞，流影入誰懷。
迎得一鉤月到，送得三更月去，鶯燕不相猜。
但莫憑欄久，重露濕蒼苔。

▼春風無事可做，就為大地妝點出多層的繁花。閒來賞遍了各種花影的，只有斜掛的彎月。
我有一支江南鐵笛，想要倚在雪白的花旁，高聲吹到響徹神仙居住的雲霞處。
霞影渺茫而難以靠近，飄飛的柳絮滿布到天邊。

▼我和你飄然地泛著通往天河的浮槎離開吧。
我與春神笑著對談，春意會在誰家？
難道春花開了又落，還有春風來了又去，便結束了美好的時光嗎？
花叢外的春天歸來之路，芳草從來不曾遮住的。

▼女子捲起珠簾看春日早晨的風景，蝴蝶忽然飛過來。
遊動的蟲絲和飄飛的柳絮毫無次序，紛亂地落在女子身上。
讓人悲痛的江南春日思緒，緊黏著天邊零亂不全的夢，只能在腦子裡重新回憶。
她用銀蒜簾墜深深壓住簾子，任由疏落的影子在窗外徘徊。

▼女子捲起絲製帷幔，明月照入屋內，似乎人心已經敞開。
她拿起一杯酒敬月起舞，但月光能進入誰的懷裡？
迎接一鉤彎月到來，三更半夜時送明月離開，不與鶯燕等春鳥相計較。
但是別倚靠欄杆太久，濃重的露水已浸濕了青色苔蘚。

94 浣溪沙・從石樓石壁往來鄧尉山中

／鄭文焯

一半黃梅雜雨晴，虛嵐浮翠帶湖明，
閒雲高鳥共身輕。
山果打頭休論價，野花盈手不知名，
煙巒直是畫中行。

▼周圍大半都是黃熟的梅子，天氣雨晴夾雜，水面倒影裡的虛幻霧氣和飄浮綠意，呈現出湖的明亮，
悠然飄浮的雲和高飛的鳥，我的身體就跟它們一樣輕盈。
▼被山中的果子打到頭，不必討論它的價格，我滿手都是不知名的野花，
雲霧籠罩的山巒讓人感覺真像是走在美麗的畫裡。

95 玉樓春（西園花落深堪掃）

／王國維

西園花落深堪掃，過眼韶華真草草。
開時寂寂尚無人，今日偏嗔搖落早。
昨朝卻走西山道，花事山中渾未了。
數峰和雨對斜陽，十里杜鵑紅似燒。

▼西園的花已凋落到非常需要清掃了，經過眼前的春光真是匆忙倉促。
花開的時候受到冷落而無人欣賞，今日人們卻偏偏責怪花搖落得太早。
▼昨天我走西山的道路，開花之事在山中完全沒有結束。
在雨中，我看到數座山峰對著斜陽，十里長的杜鵑花叢紅得像燃燒中的野火。

96 掃花游（疏林挂日） ／王國維

疏林挂日，正霧淡煙收，蒼然平楚。
繞林細路，聽悄悄落葉，玉驄踏去。
背日丹楓，到眼秋光如許。
正延佇，便一片飛來，說與遲暮。
歡事難再溯，是載酒攜柑，舊曾遊處。
清歌未住，又黃鸝趁拍，飛花入俎。
今日重來，除是斜暉如故。
隱高樹，有寒鴉相呼儔侶。

▼稀疏的樹林上掛著太陽，此時霧漸淡去、煙漸收攏，能看到深青色的平闊原野。
我沿著環繞樹林的小路，聽著細微柔弱的落葉聲，騎著駿馬踏過去。
背著陽光的紅色楓葉，讓進入眼眸的秋日風光景色如此多。
我佇立許久，便有一片落葉飛來，像是在對我說我已到晚年了。
▼歡樂的事難以再追溯，這裡是我們從前曾經載酒攜柑來遊賞的地方。
那時，清亮的歌聲尚未停住，又有黃鶯鳥趁著拍子鳴叫，還有飄飛的落花進入宴席中。
今日再度前來，只有西斜的陽光一如從前。
隱藏在高樹中的，有正在相互呼喚伴侶的寒鴉。

97 虞美人・影松巒峰 ／侯文曜

有時雲與高峰匹，不放松巒歷歷。
望裏依岩附壁，一樣黏天碧。
有時峰與晴雲敵，不許露珠輕滴。
別是嬌酣顏色，濃淡隨伊力。

有時雲和高峰相比較，不讓松巒清楚顯現。
在視野中，雲依附著岩壁，就像黏著碧天一樣。
有時山峰與晴天的雲對抗，不充許露珠輕易滴下。
另外呈現嬌酣顏色，濃淡隨山峰的意思。

國家圖書館出版品預行編目（CIP）資料

賞讀書信三．古典詩詞風景：唐至清代四季山水一〇二首／夏玉露作．－二版．－新北市：朵雲文化出版有限公司，2023.03

272 面；14.5*20 公分．--（iP；03b）

ISBN 978-986-98809-9-2（平裝）

831　　　　　　111022224

iP 03b

賞讀書信三・

古典詩詞風景（增修版）

唐至清代四季山水一〇二首

作　　者｜夏玉露
封面插畫｜潘麒方
內頁插畫｜luluanta
美術設計｜王美琪

出版總監｜鄭宇雯
主　　編｜洪禎璐

出　　版　朵雲文化出版有限公司
地址：新北市中和區景新街496巷39弄16號3樓
電話：(02)2945-9042
信箱：cloudoing2014@gmail.com
網站：http://cloudoing2016.pixnet.net/blog

總經銷　大和書報圖書股份有限公司
地址：新北市新莊區五工五路2號
電話：(02)8990-2588
傳真：(02)2299-7900

二版｜2023年3月　定價｜350元　ISBN｜978-986-98809-9-2